행복한 라떼

글·그림 이달희

목차

프롤로그

요즘 젊은 세대들은
"나 때는 말야…"
"우리는 예전에…"
"옛날에는 말야…"
라며 자기의 경험치를 강하게 주장하는 직장 선배들을
'라떼세대'라 칭한단다.

멀찌감치 떨어져 '꼰대'라 부르며 뒷담화 하는 것보다,
자기들이 좋아하는 달달한 라떼커피를 연상케 하는 네임을 붙여주니 비꼬
는 용어라도 따뜻하게 다가오는 느낌이라, 친근감마저 든다.
특히 젊은 세대들이 요사이, 엄마아빠 세대를 넘어 할아버지 세대의 추억
을 소환하여 아재패션을 즐겨 입고, 아주 오래 전에 많이 팔렸던 '복영감이
그려진 금복주 소주'에 열광하고, 갤러그 오락기와 롤러스케이트, 카세트

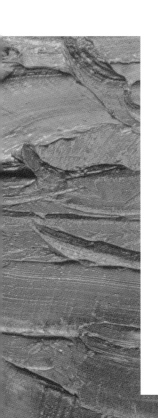

테이프 등 복고 제품을 즐겨 찾는다고 하니 참 경이롭다. 라떼세대라는 말의 정겨움에 취해 살포시 다가가 당당히 외쳐보려 한다.

"애들아 나 어릴 때는 말야…"

1974년 삼영초등학교 일 년 동안 미술시간에 그린 "4학년 9반 32번 이달희 나의 작품집"이 45년 만에 책을 통해 전시회를 갖게 되어 너무너무 기쁘고 행복하다.

"내 인생의 주춧돌을 되어 주신 4학년 담임 정성기 선생님과 항상 곁에서 응원해주는 많은 친구들에게 이 책을 바칩니다."

2020. 1.

구암동에서 **이달희**

chapter 1

행복한 라떼,
4학년 9반 이달희

달희집이 기와집이네

선생님께서 가정 방문을 오신단다.
우리 집 대장 큰언니는 회사에서 저녁 늦게 돌아오고 집엔 아무도 없을 텐데… 선생님께서 "어머니 어디 가셨니?"라고 물으시면 친구들 앞에서 돌아가셨다고 해야 하나, 시장 가셨다고 거짓말을 해야 하나?
어린 나는 선생님을 기다리는 내내 가슴 졸이며 두근두근 하는 마음으로 얼굴이 상기되어 있었다. 첫 방문지가 우리 집인지라 우리 동네 7~8명 친구들과 함께 선생님을 기다리고 있었다.

선생님께서는 우리 집 대문을 열고 들어오셔서,
바로 앞마당에 있는 장독대에 오르시어 손을 이마에 대고 우리 집 지붕 위를 쳐다보며 큰소리를 외치셨다.

"이~야! 달희 집이 기와집이네~"

순간, 친구들도 매일 보는 우리 집을 처음 보는 양,

"어디요? 어디요?" 하면서 선생님과 같은 포즈를 취하며 뒤꿈치까지 들고 까만 기와

가 반짝이는 우리 집 지붕 위를 쳐다보았다.

당시만 해도 팔달시장 부근 원대오거리 사이 골목엔 초가집도 있었고, 슬레이트집도

많았다. 그 시절 우리 가족은 회사 다니는 큰언니가 가장이었는데 동생들 데리고 셋

방에 살다가, 달성군 서재동에서 부모님이 남겨 주신 논을 팔아 마련한 기와집으로

이사를 왔다. 우리 형제들에게 기와집 한 채는 유일한 재산이자 가장 큰 자랑거리였다.

잠시 후 장독대에서 내려오신 선생님께서는 작은 내 손을 잡고 귓속말로

"큰언니 퇴근하면 선생님 다녀갔다고 전하렴" 하셨다.

동네 꼬마들이 부모님 안 계시다고 놀릴까봐 두근두근했던 내 마음을 챙겨
주시고, 내 기를 잔뜩 살려주신 선생님의 한마디는 달아오른 내 볼에 놀이
동산 빨간 풍선마냥 행복하게 물들였다.

그때 선생님께서는 6남매 막내로 태어나 8살에 두 분 부모님을 여의고 고
향 떠나, 도시에서 얌전히 숨죽이며 학교 다니던 어린 나에게 가장 필요한
자신감과 용기를 내 가슴에 심어 주셨다.

"새 학기 맞은 우리 선생님은 우리 집 형편을 어찌 아셨을꼬?"
그날부터 나는 외로운 고아가 아니라 사랑 듬뿍 받고 자라는, 동네 친구들
이 부러워하는 기와집 막내가 되었다.

"자 이제 다음 도임이 집으로 가자!"

일주일 동안 가슴 졸이던 나는 숙제 다 한, 그것도 만점 받은 아이가 되어 이집 저집
선생님을 따라 친구들이랑 신나게 몰려다녔다.

선생님, 어찌 어린 제자의 마음을 그리 잘 아셨는지요?
"저도 그리 하려 합니다."

사람들이 지금 필요로 하는 것이 진정 무엇인지?
내가 꼭 해야 하는 일이 무엇인지?

1974. 4학년 9반 이달회

봉사는 열정으로

나 어릴 때 살던 북구 노원동 근처는 3공단에서 일하는 근로자 가족과 팔
달시장에서 장사하는 상인 가족들이 많이 살았다. 우리 가족도 큰언니가
다니던 섬유공장 근처에 집을 마련해 그곳에 살게 되었다.
맞벌이가 유독 많은 동네라 방과 후 아이들은 혼자서 또는 형제들끼리 집
에서 골목에서 부모님들이 집으로 돌아올 때까지 요즘 용어로 돌봄이 부족
한 채로 살아가고 있었다.

가정방문 마치신 선생님께서는 10여 명의 아이들을 남겨서 몇 명은 미술
을 가르쳐 주시고 몇몇은 서예를 지도해 주셨다.
일주일에 3~4일씩이나 교실에 남아서 그림 그리던 날을 회상해 보면 지금

과 같은 공식 방과 후 프로그램은 아니었던 것 같다. 다른 반 아이들이 하교하여 복도가 조용하고, 남아서 그림을 배웠던 우리만 시끌벅적하였기 때문이다.

미술 담당이셨던 선생님께서는 혼자서 방치되어 집을 지키고 있을 제자들을 모아 방과 후에 당신의 재능을 기부하셨던 것 같다. 당시는 학원이라야 주산학원 정도였다. 근처에 변변한 미술학원이 없던 시절에 선생님께서는 정말 열정적으로 우리를 지도해 주셨다.
어머니께서 팔달시장에서 옷장사 하던 천방지축 주성이는 서예한 지 몇 달 만에 한 글서예대회에서 상을 받을 정도가 되고, 나는 선생님께 고딕 글씨체를 그리는 법을 배워 포스터도 그리고, 4B연필 들고 원근법과 음영법도 배워 그림 잘 그리는 아이가 되었다. 신나고 자신감에 넘치던 나는 5학년이 되자 거의 매주 미술대회에 나가 상을 받았다.

변두리 학교 아이들의 변신, 얼마나 놀라운가?
선생님의 열정적인 봉사와 제자 사랑과 재능 기부는 열악한 환경에 놓여진
아이들에게 큰 가르침이 되어 그 아이들 인생의 주춧돌이 되어 주었다.

어른이 된 뒤에야 그때 선생님의 조건 없는 재능 기부 봉사가 얼마나 어려
운 일인지 깨달았다. 나도 봉사하는 자리에 가면 직장보다 더 열성을 내려
고 노력하였지만 선생님처럼 완벽하게 해내지는 못한 것 같다.
특별히 남보다 잘하는 것이 있으면 그 사람은 자존감과 프라이드를 가지게
되어 자연히 리더가 되는 것 같다. 내 인생의 주춧돌이 된 그림은 사춘기
질풍노도의 어려운 청소년기에도 도움이 되었고, 정당사무처 생활에서도
큰 위로가 되어 주었다.
"내가 자네를 돈으로 공부시킨 것도 아니고 밥이나 옷을 주어 키운 것도 아
닌데, 이 못난 선생에게 정성을 다하니 염치가 없네" 하셨던 선생님께서는

어느 해 가을날

"이제 날 찾지 말고 잘 지내시게"라는 말씀을 남기고 김천 어모초등학교 교장직을 끝으로 퇴직하시고 자제분들이 있는 서울로 떠나셨다. 매년 스승의 날 즈음에 떡 한 바구니 보내는 정성뿐이었는데 그것도 염치없다고 하시던 선생님, "당신께서는 제자들이 필요로 했던 것을 열정적으로 가득가득 주셨습니다. 돈보다 밥보다 옷보다 귀한 것을 주셨습니다."

선생님께서 보여주신 그 모습 그대로
꼭 필요한 맞춤형 봉사에 나도 열정적으로 동참하리라.

56색 크레파스

24살 된 막내 여동생 시집보내던 날… 큰오빠는 목욕탕에 들어가 문고리를 걸고 꺼이꺼이 큰소리로 울었다고 신혼여행 다녀온 나에게 올케언니가 오빠를 놀리며 전해주었다.

12살 띠동갑 내 큰오빠는 위로 누나 한 명에 아래로 동생 넷의 부모자리를 맡아, 그 잘하던 공부를 포기하고 서문시장 점원으로 시작해서 창업하여 우리 가정을 반듯하게 지켰다.
나에게 큰오빠는 항시 든든한 물주이자 막강한 지원군이고 연애상담까지도 즐겨하던 응원군이었다.

술을 거나하게 드셨을 때 오빠는 늘….

"우리 달희는 경북대 수석장학생이고, 오빠는 서문대학 수석장학생이다"며 허허 웃으셨다. 그때는 공부 열심히 하는 동생 격려하는 말인 줄 알았는데, 이제 생각하니 오빠가 가족들 때문에 놓친 학업에 대한 아쉬움이 배인 웃음이기도 했겠다는 생각이 든다.

우리 오빠의 서문대학은 서문시장 1지구, 요즘도 4지구에 불이 나서 복구 중이지만 내가 중학교 다닐 때도 불이 나, 우리 가게 물건을 몽땅 잃은 적이 있다. 서문시장에 가면 지금도 이곳저곳이 낯설지 않고 골목골목이 정겹다.

나는 부모님이 살아계셨어도 우리 오빠같이 잘하지는 못했을 것이라 확신한다.

6학년이 된 어느 날 오빠가 추석 선물로 56색 크레파스를 사주셨다. 그때 우리 동네 친구들은 대체로 12색, 부잣집 아이들은 24색 크레파스를 가지고 다녔다.

물 건너 온 56색 크레파스 통에는 생전 보지도 못한 은색도 있고 금색도 있었다. 월급쟁이 오빠가 주인집 유학생에게 부탁한 것인지? 그때 나의 그 크레파스는 금색 우주선이 되고 은색 별이 되어 도화지 위에서 내 마음의 요술지팡이가 되어 날아다녔다.

어릴 때 풍부해진 상상력은 어른이 되어 사회생활에서 반짝반짝 빛이 나 아이디어뱅크라는 별칭을 얻기도 하였는데, 그때 오빠가 사주신 각양각색을 갖춘 56색 크레파스 덕이 아닐까?

서문시장 큰오빠의 자랑이 되고자 나는 시험기간에는 이틀 밤을 꼬박 새워 공부하기도 해서 수석장학생의 자리를 유지했다. 오빠가 믿어주고 응원해 주는 힘은 대학교 내내 열심히 공부하는 원동력이 되었고, 심지어 공부가 재미있기까지도 했다. 특히 정치지리학, 국제관계학, 국제법 등 한반도의 지정학적인 연구에 아주 심취한 적도 있다. 마흔 줄에 들어 주경야독 만학도가 되었을 때도 국제정치 분야가 박사논문의 주제였다.

함께 가면 멀리 갈 수 있다고 했던가? 우리 가족 6남매가 그러했다.
막내 동생 시집가고 나니 장사할 맛이 안 난다고 하실 때 가슴이 저려왔다. 오빠 어깨에 드리워진 장남의 무게가 얼마나 컸으면 그런 맘이 들었을까?
오빠의 희생 덕에 구김 없이 자란 행복한 막내가, 오빠처럼 자기 자리에서 소명을 다하고 책임감 있는 사람이 되려고 노력해 온 세월을 돌이켜 보며 입에만 맴돌던 말을 꺼내 본다.

"우리 큰오빠 사랑하고 존경합니다."

1974. 4학년 9반 이달회

팔달시장 지나서

나 어릴 때 팔달시장은 오거리 쪽이 활성화 되었었다. 시장 한켠에는 흔히 옛날 얘기에 나오는 "애들은 가라~ 애들은 가라~" 하는 약 파는 아저씨, 마술을 보여주던 예쁜 화장 짙게 한 아가씨들, 차력시범을 보여주던 힘센 총각들의 주 무대인 공터가 있었다. 원대오거리 가까이에 집이 있던 나는 팔달시장을 거쳐 학교를 오갔다. 지금도 큰 시장이지만 그때도 없는 것이 없는 만물시장이었다. 특히 부러웠던 집은 미자엄마네 통닭 가게였다. 닭 한 마리를 통째로 튀겨 내던 그 집의 향기는 세상 어떤 냄새보다 맛있는 추억의 향기로 남아 있다. 그때 나는 그 친구가게에서 닭발이나 닭똥집을 가끔 얻어먹었다. 그러나 냄새 좋은 통닭은 근처에도 못 가봤다. 그때의 아쉬움 때문일까? 지금 나는 치킨을 무척 좋아한다. 특히 교촌통닭은 혼자서도 한

마리를 뚝딱 먹어치울 수 있을 만큼 좋아한다.

요즘 팔달시장은 질퍽질퍽하던 바닥을 깨끗이 정리하고 천정도 아케이드로 만들어 깨끗해졌다. 요즘 장보러 가면 외국인 근로자들이 눈에 띄게 많은 것으로 보아, 이젠 3공단 경기가 바로 반영되는 곳이 된 듯하다. 보태어 팔달시장 인근에 재개발 아파트가 지어져, 전통시장이지만 장사가 잘되던 내 어린시절 영화가 이 시장에서 다시 한번 꽃피기를 기원해본다. 더불어 고민도 생긴다. 주차 공간 부족을 어떻게 해야 하나? 자주 가고 싶어도 만만하지 않은 여건이 걱정이 된다.

자랄 때 시장에서 번 돈으로 생활한 나는 전통시장 상인들을 만나면 오빠를 본 듯 너무 반갑고 친근하고 존경스럽다. 전통시장 살리는 정책이 백가쟁명으로 수년간 제시되었고 또 보강되어 가고 있으나, 세태의 변화와 편의성에 자꾸 쇠퇴해 가는 모습에 염려를 넘어 마음 가득 안타까움도 가슴 저리게 나는 느낀다.

아파트 재개발처럼 팔달시장도 대형 쇼핑몰처럼 지어서 주차 문제도 해결하고 공동 관리하고 각자 상인들은 자기 점포에서 장사하고, 쇼핑하는 시장의 모습, 소비자도 안락한 여건에서 장보고, 사람들도 넘쳐나는 시장의 모습.

장사꾼 딸이 장사하는 상인들을 부자 만들기 위한 해법을 상상해 본다.

전통시장에서 장사하시는 모든 상인들이 즐겁게 가게로 출근하는 그날을 맞이하게 할 방법을 찾고 싶다.

1974. 4학년 9반 이달희

쥐를 잡자?

요즘 아파트에서 자란 세대들이 쥐를 본 적이 있을까?
그저 래트나 햄스터같이 집에서 키우는 애완용만 보았을 터,
우리나라는 건국 이래 식량이 부족해서 정부에서 부단히도 양식을 늘리는
데 신경을 많이 썼다. 쥐를 잡자는 포스터를 4학년인 꼬마들이 미술시간에
그리고 계몽에 동참했을 정도이었으니, 도대체 그때 쥐가 어찌했기에?

인터넷을 찾아보니 당시에는 국민들이 먹는 식량을 10% 가까이 훔쳐 먹는
쥐들을 잡기 위해 정부는 1970년부터 일 년에 몇 번씩 전국적으로 일제히
쥐약과 쥐틀을 놓아서 번식력이 강한 쥐들을 소탕하는 데 온 국민이 동참
했다고 한다.

특히 예전에 우리나라 산에는 토종여우가 많았는데 쥐약 먹은 쥐를 잡아먹은 여우도 함께 사라지는 계기가 되었다고 한다.

내가 학교 다닐 때는 쥐의 사체를 가지고 가지는 않았는데 시골에서 자란 친구들 얘기를 들어보면 죽은 쥐나 쥐꼬리를 직접 학교에 가져가서 선생님께 검사 맡기도 하였다니 그 시절 선생님들께서는 너무 힘들었겠다.

요즘 우리나라에 버려지는 음식물이 연간 4,832톤이라고 한다.

일일 13.24톤 가까이 돈으로 환산하면 하루 404억 원을 버려 일 년에 버려지는 음식물이 총 14조 7,476억 원어치나 된단다. 특히 식당에 판매하는 음식의 양이 너무 과하다. 식당 가서 깨끗이 비우고 나온 적이 거의 없다. 특히 한정식의 메뉴는 반드시 개선되어야 한다. 작게 차리고 리필이 자유롭도록…

이철우 경북도지사께서는 먹거리 자원의 낭비를 줄이기 위해 우리나라도 이제 외식하는 문화로 바뀌어야 한다고 강조하신다. 특히 1인 가정이 늘어가는 요즘, 삼시세끼 외식을 할 수 있는 시스템을 정부가 고민해 봐야 한다고 강조하시는데, 오늘도 냉장고에 사다 쟁여둔 재료를 반 이상 버린 실상을 감안할 때 실감나는 제언이다.

아파트 지을 때 일정 부분 돈을 내면 사용할 수 있는 공동 냉장고가 비치된 공동 식당을 만들고 마을단위에서 다양하게 식사를 해결할 수 있는 식당이 있으면 가능하리라 생각한다.

배달음식 애용하고 편의점의 즉석음식을 선호하는 우리 젊은 세대들은 벌써 각자 집에 주방이 필요 없는 문화를 만들어 가고 있다. 혼밥 하는 요즘 세태에 맞는 소포장 식품이 더 늘어나야겠다.

특히 중국처럼 세 끼를 외식하는 시스템을 만들어 외식으로 편안하게 세

끼가 가능한 사회로 만들면 음식물 낭비도 줄이고 일자리도 늘어나지 않을까?
아파트 공동주방, 마을 공동식당, 협동조합 형식의 사회적 기업식당 등으로 보완하여
고령화 되고 1인 가족화 된 우리 사회의 먹는 식사 문화를 바꾸어 가는 데 법적인 제
도개선과 지원이 필요하겠다.

먹거리를 쥐로부터 지켜야 했던 처절함을 얘기하면
후배들이 나 보고 라떼세대라 할까?

1974. 4학년 9반 이달회

식량증산

지난해 아프리카에서 가장 돈이 많다는 나이지리아 단코테라는 부호가 경상북도와 협력사업을 하고 싶다고 측근인사를 보내 왔다.

협력의 첫 번째 사업으로는 나이지리아 식량증산을 위해 우리나라 벼농사 기술을 가르쳐 달라는 것이었다. 유럽의 유수한 농업기술자들을 데려다 일해 봤지만 실패했노라며, 그리하여 우리 경상북도는 나이지리아에 농업기술원 직원들을 파견하여 '나이지리아 식량증산'을 위한 벼농사를 시험적으로 짓고 있다.

우리나라는 식량을 자급자족하게 된 역사가 오래지 않았다. 우리나라가 쌀 자급을 이룬 것은 1975년이다. 우리나라가 본격적으로 벼농사를 지은지 3,000년이 지나서 비로소 쌀 자급을 이루었으니 얼마나 큰 성과인지 짐작할 수 있다. 쌀 생산량이 턱없이 부족할 때는 고구마·감자 등 쌀 대체물로 끼니를 해결했다. 보릿고개가 시작될 때는 이마저도 힘들어 풀뿌리나 나무껍질로 연명했다. 경제개발시대 박정희 대통령이 가장 먼저 풀어야 했던 과제가 바로 식량 자급이었다. 다수확 신품종 개발 정책을 통해 식량 증산을 시도했다. 그때 개발한 품종이 통일벼였다.

1960년대 후반 농촌진흥청 주도로 필리핀 국제미작연구소에 파견된 서울대학교 허문회 교수가 IR667을 개발하였다 한다. 이 신품종은 한국인이 먹는 자포니카와 다수확 품종인 인디카를 교배한 것이었으며, 국제미작연구소의 667번째 개발품종이라는 의미이다. IR667은 시험재배를 통해 다수확성이 확인되면서, '기적의 쌀'로 주목을 받았단다. 1970년에 가장 유망한 세 개의 계통이 장려품종으로 선발되어 '통일'이라는 이름이 붙었다. 그 덕분에 1976년에 마침내 쌀 자급이 달성되었다. 1977년에는 쌀 막걸리까지 만들 수 있게 되었을 뿐만 아니라 그해에 대북 쌀 지원까지 가능해졌다고 한다.

1974년, 도시에 사는 4학년 초등학생이 무엇을 알아서 식량증산이라는 포스터를 그려야 했을까? 농사가 무엇인지 모르는 도시 아이들에게조차 식량증산에 관한 포스터를 그리게 할 만큼 식량 자급은 당시의 국가적인 과제였던 모양이다. 그때 시골에서는 통일벼가 경작되고, 어린 학생들은 추수한 논이나 밭에 나가 벼나 보리, 밀 등의 이삭줍기에 동원되기도 했다. 먹고사는 문제를 해결하기 위해 얼마나 많은 정책과 얼마나 치열한 몸부림이 있었는지를 단적으로 보여주는 4학년 9반 이달희의 미술시간. 후손들에게 당당히 뽐내며 외치고 싶은 '라떼'가 있다.

배고프지 않는 대한민국 누가 만들었는지 아느냐고?

1974. 4학년 9반 이달희

혼분식 도시락도…

하얀 쌀밥 도시락을 싸가지고 학교에 가면 선생님께서 꾸중하시던 시절.
우리 삼영초등학교는 매주 수요일은 분식을 하라고 권장했다.
술 냄새 나는 찐빵 같은 빵을 싸오는 친구들에 비해 나는 처녀 큰언니가 신
부수업 한다며 다니던 요리학원에서 배운 솜씨를 자랑한 버터 냄새 나는
빵을 싸들고 다녀 인기가 좀 있었다. 쌀은 귀하고 밀가루나 옥수수는 원조
나 싼값에 들여 오니까 그런 정책을 장려했겠지?

잡곡을 섞어 먹을 것을 강조 받던 시절,
선생님께서는 가끔 도시락 검사도 했다.
100% 쌀밥을 싸 가면 손을 들고 벌을 받기도 했다. 그때의 혼식은 주로 보

리쌀을 섞은 밥이었는데, 당시 거친 보리쌀은 한 번 삶아서 다시 쌀과 섞어 밥을 해야했다. 하여 우리 집은 바쁜 언니들이 주부여서 혼식을 할 수가 없어 검사 날엔 친구들 도시락에서 보리쌀 밥알을 구해서 쌀밥 위에 박아 넣곤 했는데, 하루는 선생님께서 한 숟가락 떠 보시고 하얀 쌀밥이 나와 꿀밤을 맞은 적도 있다.

어느 날 서울 출장 갔다가 돌아오는 비행기에서 지상의 노란 가을 들녘을 내려다보면서 나는 가슴이 울컥해 눈물을 머금은 적이 있다. 항공에서 내려다 본 국토의 대부분은 푸르게 보이는 산이고 평야는 산자락에 붙어 아주 작은 면적이었다. 노랗게 물든 곳이 벼가 익은 논이었는데 위에서 내려다보니 산이 시작하는 아주 높은 비탈부터 노란 벼가 익어가고 있었다.
순간 저렇게 척박하고 좁은 땅에서 우리나라 사람들은 자기들의 주식인 쌀을 자급자족하고, 심지어 많이 생산해서 비축미까지 창고에 가득가득 쌓아 놓다니…
"정말 우리 민족 그리고 대한민국이 대단하구나!" 하고 스스로 감탄했던 기억, 농정을 일으킨 공직자와 함께한 농민들에게 무한한 경외심을 느낀 기억이 새롭다.

경상북도청에 근무하면서 우리나라 농업에 대한 자부심이 생겼고, 농정국의 앞서가는 선진 농업 행정을 보면서 우리나라 농업 관련 행정공무원들의 역량이 대단하다는 것을 알았다. 농촌을 자주 방문하면서 장차 퇴직 후 소망이 처음엔 귀촌이었는데, 지금은 귀농으로 바뀌어 가고 있다. 식량 자급자족 대단한 일이다. 위대한 우리의 자화상이다.
지난 가을 이철우 경북도지사과 함께 방문한 남아프리카공화국엔 경작되지 않은 많은 유휴지가 있었다. 열악한 곳에서 기거하는 많은 흑인 부락을 보면서, 널려 있던 토질 좋은 넓은 땅, 그곳에도 식량 자급자족의 시대를 이끌어 줄 위대한 지도자가 나타나기를 기원해본다.

"밥 없으면 라면 먹지?"라는 젊은 세대들에게 들려주고 싶다.

라떼라고 핀잔을 주어도 좋다.

배불리 잘 먹는 세상, 우리 라떼세대가 만들어 냈다.
기성세대의 노력을 기억하고 너희들은 세계인들과 경쟁하고 이 나라를 더욱 발전시키라는 고언도 해주고 싶다.

추억의 보리밥도 이제는 별미집에 가야 먹을 수 있다. 라떼세대 친구들이랑 맛난 보리밥 파는 식당 가서 된장에 쓱쓱 비벼 한 그릇 먹어야겠다.

1974. 4학년 9반 이달회

꺼진 불도 다시 보자

"자나 깨나 불조심 꺼진 불도 다시 보자"
우리가 어릴 때 가장 많이 사용하던 고전적 '불조심' 표어다.
친구랑 꺼진 불을 어찌 보느냐며 틀린 표어라고 낄낄대며 포스터 숙제를
같이 했던 기억이 있다. 예나 지금이나 학교 다니면서 불조심 포스터는
모두 그려보았을 것이다.

다락방을 유난히 좋아하던 나는 친구들 데리고 와서 다락방에 숨어서
인형 놀이하고 놀기를 즐겼다. 한 번은 장구 치는 아가씨 그림이 있는
'아리랑' 상표 성냥으로 불을 켜고 성냥개비 숯을 만들어 눈썹 그리는
놀이를 하다가 눈썹을 다 태우고 일부 머리카락도 불사르게 되어 한참

동안 이상한 몰골로 다녔다. 목조 건물 다락방이었는데 참 다행히도 그때 불이 나지 않았다. 지금 생각하니 아찔한 나만의 놀이터였다.

내 단짝 친구 정현이 아버지는 소방관이셨다.
가끔 제복을 입은 모습이 어린 내 눈에는 너무 멋있었다. 얼마나 멋지게 보였으면 나도 자라서 저런 제복 입는 소방서에 근무해 보고 싶다는 생각을 했을까?
경북도청에서 운 좋게 선망하던 소방직 공무원들과 함께 근무하는 행운을 가지게 되었다. 국민의 수호부대 그들은 여전히 든든하고 멋있다.

특히 요즘은 최첨단 장비를 구비하고 있어 화재뿐만 아니라 다양한 재난과 응급상황에서 구명활동을 한다. 이제는 119구조대와 더불어 우리 국민들에게 가장 필요한 공직의 위치에서 일하고 있다. 2019년 전국 소방공무원들이 국가직으로 전환된다고 공표가 되었다. 국가직에 걸맞게 처우나 복지가 좋아지기를 바란다.

1974. 4학년 9반 이달희

BOOK 1. "책 든 손 귀하고 읽는 눈 빛난다…"

독서는 상상력의 나래를 펼쳐주고 현실에서 실현 가능성을 점검해 주는 실험실 같은 것이라고 생각한다. 때론 방황하는 내 영혼을 조용히 위로해 주고 마음의 용기를 주어 나와의 관계에서 나를 사랑하게 하여 자존감을 높여 주는 최고의 친구라고 생각한다.

나 어릴 땐 동네마다 서점이 있었다. 그리고 골목마다 서점보다 숫자가 많은 만화가게가 있었다. 초등학교 때는 서점에 간 기억이 가물가물하다. 대신 글을 읽고 내용을 파악할 수 있던 2학년부터 4학년까지 만화가게에는 자주 갔다. 당시 만화는 상,하 드라마처럼 일주일씩 걸려야 한 편씩 나누어 나오는 만화책이 출간되었다. 뒤편을 보기 위해 기다리면서 만화가게 유리

창에 비춰지는 고무줄에 걸린 신간 만화 표지를 거의 매일 탐독하고 다녔다. 변변찮은 탁자도 없이 긴 의자만 비치된 그곳에서 '독고탁' 만화와 순정만화, 가정법정 만화 등 다양한 장르를 읽고 또 보았다.

그때 상상력과 지식이 풍부해졌다. 지금의 스마트폰도 만화에서 시작한 것이라고 하면 아무도 이의를 걸지 않을 것이다. 그때 내가 본 만화 중 전화를 걸면 상대방의 얼굴이 보이는 내용의 미래도시라는 공상만화가 있었는데, 그 세상을 지금 우리가 맞이하고 살고 있다. 만화작가들을 존경하는 이유가 여기에 있다. 경상북도 '현장도지사실' 행사에 참여해서 어린 시절 읽고 또 읽었던 독고탁의 작가 이상무 선생께서 김천 출신이라는 것을 알게 되고, 경산에 살고 있는 작가의 유족들을 만나는 행운도 가졌다. 오늘날 웹툰의 시조격인 이상무 작가님을 기리며 경산에 '독고탁 컴퍼니'를 중심으로 청년들의 웹툰 사업을 경상북도가 적극 지원하기로 결정한 부분에 다른 사람들보다 더 열렬하게 박수치며 환영했다.

행복한 라떼,
4학년 9반 이달희

1974. 4학년 9반 이달희

책이 귀하던 시절 우리 선생님께서는 교실을 비우실 때, 책을 재밌게 낭독하는 친구에게 위인전을 친구들에게 읽어 주라고 하셨다. 4학년 때 우리 반 한 친구는 정말 실감나게 위인전을 잘 낭독하였다. 영화 한 편을 보여주듯이 어린 우리들 가슴에 확 와닿게 생생하게 연기하며, 성대모사까지 해가며 지금의 개그맨처럼 책을 읽어 주었다. 때로는 선생님께서도 재밌어서 뒤에서 끝날 때까지 같이 듣곤 하셨다. 그 친구는 지금도 호소력 짙은 좋은 목소리 덕분에 연설 잘하기로 정평이 나 있다. 여기저기서 함께 일하고 싶은 인기 있는 인물로 훌륭히 자라 존재감을 자랑한다. 어릴 때 우리들에게 책을 많이 읽어 준 덕이 아닐까? 연습된 인물이라고 친구들이 '하하호호' 추억을 들춰낸다.

BOOK 2. "잊을 수 없는 설레임~"

중학교 1학년 때 일이다.

어떤 일에 몰두하면 그 일이 끝날 때까지 집중하는 성격이 다분한 나는, 14살 초여름 책에 몰두한 일주일, 그 시간을 지금도 잊을 수가 없다. 마거릿 미첼의 『바람과 함께 사라지다』라는 소설책을 손에서 놓을 수가 없어 그 두꺼운 소설을 식사도 거른 채 잠도 설치며 거의 5~6일 만에 다 읽었다.

특별한 것은 나의 흥분된 감정의 표출이었다. 지금도 그때의 그 감정들을 잊을 수가 없다. 마치 내가 주인공 스칼렛 오하라가 된 듯 걸음걸이도 날아갈 듯 사뿐사뿐 걸어 다녔고, 언니의 긴 치마를 꺼내 허리를 묶어가며 거울 앞에 서성거려 보기도 했다.

미국, 그 넓은 영토에서도 인정하는 이야기꾼 미첼 여사의 소설에 나오는 황폐한 전쟁의 시대에 맞서 힘차게 살아간 보수적인 미국 남부의 주인공 아가씨가 바로 나인 것 같았다. 소설 속 그녀의 신념이 그 책을 읽은 감수성 예민한 중학교 일학년 여학생인 나에게 완벽하게 전해졌다. 매사에 긍정적으로 대답하고 어려운 현실에 부딪혀도 내일의 태양 아래서 다시 기회를 만들어 가는 그런 신념이 가슴에 자리 잡았다.

인생의 어느 한 시점에 독서가 주는 영양분을 충분히 흡수하여 영혼을 기름지게 하기 위해서는 독서의 타이밍도 중요하다고 생각한다. 그해 겨울부터 하늘만 봐도 서러워 눈물 짓던 나는 이 책의 긍정적인 효과로 무리 없이 사춘기를 넘겼다고 확신한다. 왜냐하면 이후 그 어떤 위대한 책을 읽어도 그런 감정이입이 빙의처럼 되지는 않았다. 지금도 그때를 생각하면 너무 설렌다. 그 후 고등학생 때 비비안 리가 주인공인 영화를 보았는데, 당시 책을 읽으며 상상한 내용의 10분의 1도 안되는 것 같아 실망스러웠다. 역시 책으로 전달받는 것이 작가의 세계를 이해하는 폭을 넓히고 독자들

상상의 범위도 무한대가 되어 경계 없는 세상을 구경하게 하는 것 같다. 컴퓨터가 처음 나오고 '아이디'라는 용어가 생겼을 때 채팅 창의 내 닉네임은 '테라'였다. 그 시절 나는 어디를 향하고 무엇을 갈망하고 있었을까?

"내일은 또 내일의 태양이 떠오르는 거야"

1974. 4학년 9반 이달희

BOOK 3. "오늘도 시집을 펼친다"

내게 시를 읽는 것은 일상이다.
그리고 난 지인들에게 시집 선물을 자주 한다.
시를 외워 낭독하지는 못한다.
시집을 그냥 끼고 산다고 표현하는 것이 옳겠다.

일 년에 어림잡아 50여 권 이상의 시집을 구매한다.
내가 읽어보고 좋은 시집은 잔뜩 사놓고 가족들이나 친구들에게 나누어 돌려가며 읽기를 좋아한다. 딱히 어느 장르의 시집보다는 다양한 주제, 다양한 현대시를 즐긴다.
한번은 서울 오목교 근처에서 산책하다 들른 서점에서 시집을 읽다가 펑펑

울면서 그 시집을 다 사온 적이 있었다. 같은 시집이 세 권 있었기에 망정이지 많이 있었으면 몽땅 다 사들고 왔을 것이다. 사랑하는 이와 사별하는 장면을 긴 서사로 적었던 시였다.

난 시집을 책장에 보관하기 위해 구입하지는 않는다. 내가 읽고 다른 사람들에게 건네준다. 그래도 항시 내 주변 책상 한쪽 어딘가에는 시집이 놓여 있다.

시는 나에게 아주 무더운 여름 한줄기 소나기 같은 효과를 준다. 많은 사람들을 만나고 지칠 때 조용히 앉아 나에게 시 한 편 읽어 주는 작은 호사로 나를 위로하고 일으켜 세운다. 시를 읽으면 새로운 힘이 생긴다. 시에는 그런 효과가 있다.

또한 시는 힘든 일을 아주 쉽게 할 수 있는 용기를 준다.
시는 그리운 이들을 예쁜 모습으로 내 곁에 가까이 불러다 준다.
시는 지난 세월을 아름답게 포장해 주는 마술 같은 재주가 있다.

시인들은 인생을 예술적인 통찰력과 철학으로 인문학적으로 풀어내는 언어의 연금술사들이다. 감성이 풍부하고 깨우침이 있어 일상과 속세를 초월하여 시를 쓰기 때문에 시를 읽으면 인간사 내면의 욕망을 아주 보잘것없이 만들어 주는 것 같다.

내겐 시가 그러하다.
그래서 나는 오늘도 시집을 펼친다.

1974. 4학년 9반 이달회

BOOK 4. "자유란 무엇인가?"

내가 가장 소중하게 간직하고 있는 책은 20년 전쯤 서울 지하철 한 모퉁이에서 두 권에 1만 원으로 세일하는 책더미 속에서 집어든 1994년 서문당에서 수정 발행된 『백범 김구 자서전』, 원본 백범일지이다. 종래에 읽었던 백범일지 축약판과는 달리 문자 그대로 백범일지의 전량을 수록한 것으로 그동안 내가 접했던 축약본에서 놓친 백범의 인간적이고 혁명가적 모습이 너무나 선명하게 부각되어 있었다. 뿐만 아니라 구한말 우리 선조들의 생활상과 습속, 민속들이 백범선생의 글 쓰는 솜씨와 투박한 문체의 특징들이 잘 나타나 있었다. 그 책을 읽는 내내 나는 백범이 되었고, 거칠고 힘든 독립전사가 되었고, 민족의 아버지로 국가를 걱정하는 애국열사가 되어 있었다. 재질이 열악한 옛날 책이라 비록 책의 모습이 누렇게 변색되었지만 나의 가장 소중한 애장서가 되어 서재의 한가운데 나와 함께 그 책도 숨쉬고 있다.

특히 삶에 용기가 부족할 때 나는 이 책을 펼쳐든다. 선생님 70평생 목숨을 초개같이 여기며 잃어버린 나라의 자주독립을 위해 일생을 바치신 인생역정을 따라 가면 삶에 용기가 생긴다. 풍부한 독서로 인해 내공이 깊게 느껴지는 정치철학과 세계를 보는 사고 등 밑줄 그어진 곳만 읽어도 힘이 생기는 기가 있는 책이다. '1947년 새문 밖에서 씀'이라고 된 "나의 소원" 부분에서 말씀하시는 '자유란 무엇인가'를 읽으면 정치학을 전공한 사람으로서 그분의 방대한 역사의 고찰에 읽을 때마다 감동하곤 한다. 이후 누가 물으면 나는 '원본 백범일지'를 가장 좋아하는 책이라 당당히 말한다.

금호강 맑은 물에…

3공단 안에 있다고 지어진 학교명 '삼영초등학교',
노곡초등학교를 1973년 1월에 옮겨왔단다. 6학년 졸업앨범을 보니 한 반
학생수가 70명이나 되고, 한 학년에 9반까지 있어 전교생이 3~4천 명을 훌
쩍 넘기고 있었다. 2019년 60회 졸업생까지 16,459명의 졸업생을 배출한
내 생각으로는 나름 명문 초등학교이다.

나도 3학년 때는 교실이 모자라 오전반, 오후반, 중간반까지 일시적으로 3
교대 수업도 했었다. 콩나물 시루교실이라 했다. 그때 뉴스는 항상 선진국
은 30명씩 한 반이라고 동경하는 기사가 나오곤 했다. 교사 1인당 학생 수
가 적을수록 교육환경이 좋다고 보면, 우리나라는 2000년대 초등학교 교

사대 학생배치가 32.1명이었고, 2016년 기준으로는 교사 1인당 학생 수가 한국이
16.5명이란다. 선진국을 따라잡았다.

국가공단이지만 1970년대 중반엔 3공단에 공장이 입주가 다 되지 않아서 농지와 유
휴지가 많았다. 부추밭 가운데 있던 청정한 학교가 2015년엔 전교생이 100명이 채
안되어 폐교로 지정되는 위기를 맞았다. 학교 주변 공장의 매연과 소음은 거주지를
멀리하여 도심 공동화 현상처럼 학생이 급격히 줄어들어 교육청으로부터 폐교 결정
이 났던 것이다. 이젠 근로자들을 위한 '제3산업단지 복합문화센타'로 전환된다 하니
우리의 추억을 안고 귀한 근로자의 위로와 행복의 터전이 되기를 바란다.

2015년 삼영초등학교 폐교 소식이 신문지상에 오르내릴 무렵 나는 국회에서 여당의
정책위원회 수석전문위원으로 근무하던 때였다. 대구교육청에서 결정한 일인데 몇
몇 선배님들께서는 교육부 장관께 민원을 넣어 '폐교를 막아 달라' 하라며 큰 목소리

로 전화하셨다. 그만큼 우리는 남들이 외면하는 학교라도 추억을 간직한 삼영초등학교 교사를 유지하고 싶었다. 그때 나는 동문선배님 부름을 받고 귀향하여 머리를 맞대고 폐교되는 우리 삼영의 역사를 살리기 위해 대책을 마련하는 회의에 참석했다. 그리고 반대만 하시던 몇몇 선배님들을 동문들과 함께 설득하여 대구교육청과 합의를 했다.

'사수동 금호지구에 아파트가 입주하면 첫 번째 학교명은 사수초등학교, 두 번째 학교는 삼영초등학교로 명하고 역사를 이어가기로' 하여 삼영초등학교는 잠시 휴교하는 것으로 문제가 해결되었다.

사수동 금호지구에 2018년 3월에 삼영초등학교가 이전 개교되던 날, 우리 동문들은 기뻐하며 모두들 앞다퉈 예쁜 화분을 보내 축하하고 즐거워했다. 나는 삼영초등학교 초대 장학회장으로 3년간 활동했다. 당시는 많은 동문들이 참여하여 많은 학생들에게 장학금을 수여했다. 지금도 삼영장학회는

1974. 4학년 9반 이달희

4대 회장이 선출되어 후배들을 위한 장학사업을 이어가고 있다. 우리 삼영
초등학교는 북구의 강 남쪽 3공단에 있으나 이제 강 북쪽 금호지구에 있
다. 신기하게도 팔공산 자락에서 금호강으로 이어지는 교가의 가사는 고치
지 않아도 가사 내용이 맞다. 새 학교 새 교실에서 자라나는 후배들도 50여
년 전 우리가 불렀던 교가를 똑같이 부르겠지?

"팔공산 푸른 정기 고이 마시고, 금호강 맑은 물에 씻은 마음들
천년을 굽이 흐른 화랑 넋으로, 무럭무럭 자라나는 삼영 어린이
부지런히 일하고 알뜰히 배워, 아름답고 씩씩하게 뻗어 나가리~"

친구 태선이는 금호지구가 개발되면서 입주한 사수동 토박이다. 최근 이 금호지구에 단짝 친구 정현이가 멀리서 이사 왔단다. 삼영 선후배와 친구들이 너무 좋고 친근해서 팔공산 정기 어린 곳, 금호강 물결 넘치는 북구에 사는 것에 오늘도 행복하다.

"얘들아 우리 이제 예전처럼 모여서 살자."

방첩이란 말 들어 봤니?

우리가 자라던 1970년대에 가장 열심히 외웠던 전화번호는 간첩신고 113번이었다. 이 포스터를 보고 '방첩'의 사전적 의미를 찾아보니 '적의 첩보 활동을 막고, 자국의 정보가 적에게 새어나가지 못하게 하는 일'이란다. 이렇게 영화 007에서나 나올 법한 나라의 큰일을 코흘리개 초등학생들까지 교육받고 간첩 잡기에 나섰나? 요즘 세대 용어로 웃픈('웃기지만 슬픈'이라는 뜻) 현실이었다. 지금도 생각나는 것은 '새벽에 산에서 이슬 맞고 내려오는 낯선 사람은 간첩이니 꼭 신고해야 한다'라는 시험 문제다.

세계가 이념적으로 둘로 나뉘어 소련과 미국을 중심으로 동서냉전시대를 살아야 했던 그 시절, 남북이 대치되어 있던 시대적 배경에서 정부 주도로 이데올로기를 하나로 묶어 낸 사례다. 이러한 정책으로 등장한 강력한 리더십은 경제 부흥이라는 결실을 가져왔다고들 일부 학자들의 연구에서 단편적으로 증명하고 있다. 경제성장을 위해 이념적으로 국민을 하나로 묶어 내는 정치적 선택이 필요했던 것으로 우리나라는 반공방첩을 외치고 자유민주주의 수호의 최전선을 지키고 있다고, 대다수 국민들은 정부시책을 믿고 단결했던 시절이었다고 한다.

1990년대 공산주의 최강국 소련이라는 나라가 러시아와 여러 민족 독립국가로 분리 독립되면서 역사의 한 페이지가 되어 버린 냉전시대 산물이라고 할 수 있겠다. 하지만 우리나라는 그때 풀지 못한 숙제가 아직도 한반도를 둘러싼 국제정세 속에서 과제로 안고 있다. 우리 한반도를 둘러싸고 있는 미국, 중국, 일본, 러시아와 북한의 존재를 인식할 때 반공방첩의 개념을 보수 세력들이 태극기 들고 광화문을 가득 메우고 외치는 한쪽 진영의 이념적 퍼포먼스라고 치부하기엔 작금의 우리나라 외교적 현실이 준엄하다.

행복한 라떼,
4학년 9반 이달희

1974. 4학년 9반 이달희

미국의 외교정책은 동아시아 국제질서의 변화에 아주 지대한 영향을 미친다. 그동안 북한은 줄곧 미국과 직거래 하고 싶어 했으나, 한국과 미국의 동맹외교 벽을 뚫지 못했는데 요즘은 핵무기를 매개로 미국과 직접적으로 접촉하게 되었다. 특히 협상외교를 즐기는 트럼프 대통령 등장 이후 한반도 주변의 국제정세는 많은 변화를 가져오고 있다.

2차세계대전 이후 미국이 국제외교 무대 특히 동북아시아에서 펼쳤던 외교정책과 아주 다른 모습으로 접근하고 있다. 공화주의와 자유주의가 복합적으로 만들어 내는 이념에 익숙한 미국 외교정책이 더 이상 아니다.

우리나라 외교정책은 동북아시아에서 미국이 국익 중심의 외교노선을 견지하며 G-2 시대에 등극한 중국과의 관계를 재설정해 가는 국제적 환경을 무시해서는 안 된다. 그동안 대미관계에서 독점하던 북미관계 외교 채널을 핵무기를 매개로 한 북한에 내어준 상황에서 볼 때, '반공방첩'이라는 개념을 3공화국에서 있었던 경제발전 시기에 동원된 이념이라고 폄하하여 밀쳐버리기엔 한반도를 둘러싼 국제정세가 너무나 엄중하다. 이제 낡은 이념이 된 그 이데올로기마저도 역사성이 있다는 것을 다시 한번 되짚어 볼 타이밍이다.

에드워드 카(E. H. Carr)는 『역사란 무엇인가』란 저서에서 "역사를 잊은 민족에겐 미래가 없다"고 역설하고 있다. 역사적으로 우리는 주변 강대국들의 세력 판도가 바뀌는 시점에서 임진왜란, 청일전쟁, 러일전쟁, 6·25전쟁 등을 우리나라 의사와 상관없이, 한반도에서 전쟁을 치루었음을 기억하고 긴장해야 할 때이다. 한미외교가 소원해진 반면 미국과 일본은 그 어느 때보다 외교적으로 친밀해 보인다. 1905년 7월 미국과 일본이 맺은 태프트-가쓰라 밀약(Taft-Katsura Secret Agreement, TKSA: 미국과 일본이 필리핀과 대한제국에 대한 서로의 지배를 인정한 협약)을 상기하면 긴장을 멈출 수 없는 역사적 사실을 인식하게 될 것이다.

2차세계대전 후 동맹외교로 동북아시아의 세력균형이 이루어져 평화의 시대를 갈구했던 시스템이 여러 요인으로 무너지고 있다.

특히 도널드 트럼프 대통령으로 상징되는 '미국 우선(America First)' 정책은 우리나라가 그동안 경험해 보지 못한 대북관계, 대미외교를 목도하게 한다. 그동안 미국의 동아시아에 대한 외교는 동맹국과의 유대 강화였다면, 이젠 중국이나 북한 등 비동맹국과의 협상외교에 치우치는 경향이 있다.

어떠한 경우에도 우리나라는 자유민주주의를 수호해야 한다는 것
그리고 한반도에 전쟁을 가져와서는 안된다는 것

우리는 역사 속에서 우리나라를 둘러싸고 있는 강국들의 힘의 균형이 무너지거나 세력 변형이 생길 경우 우리 한반도에서 전쟁을 치루었다는 역사를 거울 삼아야 한다.

정치 지정학적으로 국제 외교 무대에서 한반도가 열강들 세력균형의 '분수령'이 되어야 함을 강조하고 싶다. 자칫 열강세력을 한반도로 끌어들이는 함몰외교로 치달으면 우리 영토에서 전쟁을 면할 수 없다는 것을 명심해야 할 것이다. 안보는 힘이 있을 때 지켜지는 것이다.

21세기 자국의 군사력으로 나라를 지키는 나라는 몇 나라뿐이다. 동맹외교로 그 과제를 풀어야 한다. 그 누가 뭐래도 안보는 생명이다.
평화는 힘을 가진 자만이 누리는 것이다. 동맹이 대안이고 평화 시에 더욱 준비해야 하는 것이 한반도의 안보이다.
며칠 전 읽은 책의 한 구절이 요즘 나의 화두이다.

"21세기 이완용은 어떤 모습으로 우리 곁에 있을까?"

이완용: 한말 을사5적신의 한 사람으로 나라를 팔아먹은 최악의 매국노로 불리는 인물

풍국면 추억

부추밭 앞자락에 녹두 빛을 띠는 풍국면 공장이 생겼다 .
학교 안에서 바깥 풍경을 그릴라치면 부추밭 저 끝에 자리 잡고 있는 녹두
빛 풍국면 공장 뒷모습이 확 와닿아 내 그림에 항시 등장한다.

"국시 한 근 주세요."

국수를 달아주는 옛날 저울 이름이 인터넷을 찾아보니 '강수저울'이란다.
시장에 국수 파는 가게에서는 마른 국수를 기계칼로 잘라서, 한 근씩 달아
서 중간에 종이를 말아 주었다. 지금 빵집이 있듯이 마른 소면을 만들어 파
는 가게가 골목마다 꽤 많았고, 면발을 골목에 내다 말리는 가게도 있었다.

풍국면 공장이 생기면서 국수는 점차 개인 가게에서 생산하고 파는 모습에서 사라지고, 공장에서 완제품으로 만들어져 나와서 구멍가게로 슈퍼로 보급되었다.

풍국면 사장이라는 분과 명함을 나눠 인사한 적이 있는데, 내 그림에 45년 전 그 공장의 뒷모습이 생각나 무척 반가웠었다.

경상북도에서는 이렇게 우리 농산물로 공산품으로 가공하는 산업을 장려하고 지원도 많이 하고 있다. 이런 분들을 뵈면 저분들도 풍국면 회사 사장처럼 농산물 가공 처리를 잘해서 부자가 되었으면 하는 생각이 든다. 경북의 농산물 종류는 260여 가지라 하니 정말 다양한 먹거리가 경북에서 생산되고 있다. 특히 경북은 청정 농산물과 품질이 좋은 과일 종류가 많아 건강에 도움을 주는 건강보조 식품으로 건조나 가공되는 경우가 많다.

행복한 라떼,
4학년 9반 이달희

내가 좋아하는 잔치국수 한 그릇에 3공단 부추밭 끝자락에 있던
풍국면 공장의 추억이 담겨 있다.

1974. 4학년 9반 이달희

내 어머니 선원댁

6남매 막내는 응석받이였을 터이니 어찌 철이 있었을까?

어머니 기억이라고는 옥색 한복을 차려입고 대구에 유학 나가 있는 언니 오빠 보러 가던 어머니의 모습 한 자락이 있다. 엄마와 함께 타고 가던 3번 버스가 그때는 왜 자꾸만 나무를 뒤로 보내고 전봇대가 내게 다가와 버스 창문을 뚫고 다가올 것 같았는지? 촌스럽게 그때 눈을 꼭 감고 버스를 탔던 기억 한 자락이 생전의 어머니 모습이다.
옥색 빛깔 한복이 유난히 잘 어울리던 나의 어머니께서 돌아가시던 날.
바로 이웃집에 사셨던 할아버지 할머니의 다급한 목소리는 또 하나의 어머니에 대한 기억. 두 장면 그리고 남겨진 사진 몇 장이 나를 낳아 준 어머니의 추억 전부이다. 물론 어머니보다 2년 앞서가신 아버지에 대한 추억은 형제들의 증언으로만 들었을 뿐 내 기억에는 없다.

지금은 고령에 부모님 묘소가 있지만 1970년대 당시는 지금의 계명문화대학 뒷산이 우리 부모님 산소였다. 대학시절 부모님 성묘를 마치고 고향 마을에 내려가면 고향 친척들이 나를 보며 항시 해 주시는 말씀이 있었다. 여러 사람들이 거의 비슷한 얘기를 했다.

"선원댁이 착하더니 애들 잘 크는 거 봐, 선한 끝은 있다더니…"

그 말씀들이 잘 자란 내게 들려주는 칭찬과 격려였다. 또한 고향 어른들께서 우리 집에 좋은 일이 있거나 우리 형제들 일이 잘 풀릴 때는 항시 들려주던 동일한 레퍼토리 멘트다.

엄마 생전에 어머니가 직접 들려주시지는 않았지만 나는 어느새 마을 어르신들의 말씀을 어머니의 유훈으로 여기고 살고 있었다.

"달희야 착하게 살아야 한단다. 선한 끝은 있단다."

착하게 살려고 노력하면 인간들의 계산으로 때론 손해도 보고, 때론 목표가 늦게 이뤄지기도 한다. 자본주의 사회에서 개인의 이익을 추구하는 이 시대에, 특히 각양각색의 다양한 사람들이 권력을 나누어 가지기 위해 쟁탈전이 벌어지는 정당에서 일하면서 '착하게, 선하게'가 행해지기 쉬운 코드인가 자문해본다.

그것은 세상 어디에도 적용이 되는 개념이라고 확신한다.

착하게, 선하게는 정직함을 기초로 하고 남을 배려하고 존중하게 하며,
남을 헐뜯지 않게 되고, 인연을 소중히 여기게 되어
법을 준수해야 하는 진짜 정당생활에 딱 맞는 요소다.
지금 분석해도 그러하다.

살아가는 긴 세월 내내 부모 없이 남겨진 내가 세상에서 가장 가여운 존재인 줄 알았다. 딸 별이가 여덟 살이 되던 어느 날 문득, '저렇게 어린 막내딸을 두고 어머니는 어찌 눈을 감았을까?' 돌아가신 어머니가 생각났다. 그때 나는 이 땅에서 행복하게 살고 있어, 일찍 떠난 어머니가 정말 가엾다는 생각이 들었다.

딸아이가 8살 되던 그해는 내가 어머니를 여윈 8살 되던 해만큼이나 어머니 앓이를 했다. 그리고 혼자서 조용히 굳게 다짐했다.
'나는 착한 선원댁 막내딸.'

1974. 4학년 9반 이달회

친구야 친구

어릴 때부터 의젓하기로 소문난 나는 친구들 집에 놀러 가면 그 친구들은
일주일 내내 엄마에게 잔소리를 듣는다고 했다. "달희는 어쩌고 저쩌고…"
모범적인 포인트를 열거하며.

"니는 엄마가 해 주는 밥 먹고 포시랍게 지내면서…" 등등

그도 그럴 것이 내가 친구집 놀러갈 땐, 그 집 할머니부터 어른들에게 깍듯
이 인사하고, 하시는 일 다 거들어 드리고 놀았기에 친구 엄마들에게 칭찬
받는 것은 당연했다.

부모님 대신 가르침을 항시 전해 주신 우리 조부모님 덕에 나는 다른 사람들보다 더 유교적인 예절이 몸에 배었다. 우리 할아버지 이팔형 님은 당시 우리 집에 오실 때는 동그랗고 까만 선글라스에 갓을 쓰고 오셨다.

고등학교 2학년 역사수업에 족보를 조사해 뿌리 찾기 하는 과제가 주어졌다. 마침 우리 집에 놀러 오신 할아버지께 족보를 물었다가 나는 5시간 무릎 꿇고 족보공부를 하며 다리를 펴지도 못했던 기억이 아직도 생생하다. 그때 할아버지께서 경주이씨 가문의 족보, 신라 6부촌 촌장이셨던 알평 시조님 설화도 들려주셨다. 딸들에게 잘 알려주지 않는 가문이야기도 할아버지는 상세히 가르쳐 주셨다.

나는 이후 경주이씨 딸로 태어난 것을 무척 자랑스럽게 생각하고 우리 족친을 만나면 엄청 반가웠다. 뿌리 찾기 족보공부 내겐 아주 효과적이었다.

지금 생각하면 애늙은이가 따로 없었다. 어딜 가도 많이 같다는 인상을 주는 것도 한 대 거슬러 윗대 조부모님들께 예절을 배웠기 때문일 것이다. 그러하니 친구 어머니들께서는 시근 있는 나를 칭찬하시고, 친구들은 비교되는 것이 싫어 항시 자기 집이 아닌 우리 집에서 놀자고 했다.
지금도 그때 나의 여자친구들은 평생을 함께하며 곁에서 나를 응원해 주고 있다. 오래된 친구가 많다는 것은 축복받은 일이다.
이런 내 친구들 참 진국이다.

라떼세대 치곤 내겐 남사친('남자 사람 친구'의 줄인 말로, 요즘 아이들은 친구인 남성을 이리 칭함)이 많다. 그도 그럴 것이 여학생 거의 없는 정치외교학과 출신으로 대학동기들이 모두 남성이니 그러하거니와 팔자인지 직장에서도 남성들 속에서 하는 일들이 주어졌다.
경북도청에서도 간부회의 유일한 여성. 홍일점으로 일하게 되었는데 내겐 특별하지도 않았다. '이달희'는 여자가 아니라는 소리를 즐겨 듣고 내 스스로 그런 말을 즐겨 한다.

1974. 4학년 9반 이달희

얌전하고 여성성을 가지고 있지만 일터에서 차별받지 않고 양성평등 하고 싶은 욕심에 나는 여자로 특별대접 받기를 꺼린다. 동기든 동료든 남성 친구가 많은 것은 아주 복 받은 일이다. 나에게 친구는 소나무 우거진 숲에서 불어오는 신선한 바람과도 같은 존재라고 생각한다.

요즘 대기업과 혁신하는 기업에서는 임원들이 젊은세대에게 배우는 '리버스 멘토링'으로 성과를 내는 기업이 많다고 한다.
리버스 맨토링의 시대가 되었다.

나이로 세대로 한껏 내려가 젊은 친구를 많이 사귀어야겠다.
나의 리버스 멘토를 찾아 친구로 지내자고 제안해야겠다.

막걸리와 할아버지

할아버지께서는 가끔 손주들이 모여 사는 자취집에 오셨다. 딱히 우리 가족들에게 선물꾸러미를 들고 오시지는 않았다. 옛날 할배 모습 그대로 근엄한 모습으로 "에헴" 하시며 순찰하러 나온 감독관처럼 손주들만 사는 곳을 방문하셨다. 우리끼리 사는 곳 방문이라도 큰언니는 할아버지를 무척 깍듯이 모시는 것 같았다. 빨간 플라스틱 손잡이 달린 바가지를 단지 속에 넣어 휘휘 저어 덜어서 파는 아이보리색 밀막걸리를 사러 가는 것은 내 몫이었다. 오는 도중 인적 드문 곳에서 맛을 보기도 했는데 시큼하고 쓴 것이, 그런 막걸리를 즐기는 할아버지가 대단하게 느껴졌다. 어릴 때 몸이 아주 약한 막내손녀였던 내게 '눈 좋아 진다'며 먹이시던 소의 생간, 참기름에 찍어 먹던 천엽의 비린 맛도 할아버지께 배웠다.

큰언니 시집갈 때까지라도 살고 싶으시다 하시던 할아버지께서는 우리 집 5남매 결혼을 모두 보시고, 막내손녀인 내가 대학 3학년이 되었을 때 돌아가셨다. 장손 오빠의 효심으로 장수하셨다.

"저 막내, 어릴 때 많이 아파 갔다 버리라 했다" 하시며 "참 기특하다" 하시며 항시 신기해 하시던 우리 할아버지,

막걸리 주전자를 보면 생간난다. 난 술을 즐겨 하지는 않지만 술 실력이 세다. 체질이 할아버지를 닮았나 보다.

1974. 4학년 9반 이달회

93

너는 신여성이니

"아기는 신여성이니까 환복하고 청바지 입고 지내도 된다"고 하시며 갓 시
집온 대학생 며느리의 한복 시집살이를 면하게 해주셨던 시아버님께서는
1918년생이셨다.

그때 들은 '신여성'이라는 용어는 근대소설에 나올 법한 용어라 적이 놀라
지 않을 수 없었다. 슬하에 6남매를 두셨는데 난 막내며느리다.

큰 질녀와 한 살 차이가 나니까 손녀 같은 막내며느리다. 쓰는 용어가 영주
사투리에 고어라서 세대차가 아주 많이 났지만 내가 친정에서 조부께 예절
을 배운 터라 그리 거부감은 없었다. 시아버님 생전 자녀들이 모두들 본가
를 떠났는데, 내 사무실 바로 건너편 골목이 아버님 계시던 곳이라 나는 운
좋게 아버님을 자주자주 뵐 수 있었다.

한학 공부를 좋아하시고, 보신탕을 보약으로 생각하시고, 이른 새벽 법원 뒷산에 올라 어르신들과 운동하고 담소 나누기를 즐겨 하셨던 시아버님이시다.
어느 봄날

"아버님 오늘 점심 약속 없으시면 저랑 칠성시장 보신탕 드시러 가세요."

"그래, 아기야 그리 시간이 나더냐?"

하시며 흔쾌히 승락하셨다.
아버님 모시러 가면, 저만치 골목 입구에 나와 계시는 아버님 모습에 깜짝 놀랄 때가 많았다. 얼마나 깨끗이 멋지게 차려입고 서 계시는지, 중절모 신사는 철없는 손녀 같은 막내며느리와 데이트에 한껏 차려입으신 티를 내고 서 계셨다.
아직도 그 근처를 지나갈라치면 아버님이 서 계시는 듯하다.

행복한 라떼,
4학년 9반 이달희

1974. 4학년 9반 이달희

그러시던 아버님께서

"아가야 우리 삶은 산 것도 아니데이… 태어나니 일제시대,
청년 되니 일본놈이 전쟁 일으켜 끌고 가려 해서 도망다니고, 결혼해서 살 만하니
6·25전쟁에 자식 배곯지 않게 바둥거리다가 좋은 시절 다 보내고… 이렇게 좋은 세상
왔는데 두고 저세상 가려니 참 아쉽고 허무하단다"
하시며 막내며느리에게 술회를 하셨다.

아버님께서는 우리 내외를 '쫑말이'라고 하시며 용돈을 드리면 항시 특별히 해준 것도
없다시며 사양하시곤 했다. 돌아가신 시아버님이 보고 싶다고 하면, 우리 남편도 신기
해 한다.

막내 귀하다고 사랑 주시고, 사회일 하는 것 기특해 하시고 우리 며느리 똑똑하다 인
정해 주시고 아버지 사랑 못 받고 자란 며느리에게 아버지의 큰 품을 내어주셨었다.

우리 가족들은 좋은 일이 있으면 꼭 영주 순흥 선영에 계시는 시아버님
산소에 간다. "우리 쫑말이들 참 잘했네" 하시며 등 두드려 주시는 듯해서
아버님 산소 다녀오면 신바람이 난다.
아버님 뵈러 고향 한번 다녀와야겠다.

1974. 4학년 9반 이달희

놀이터에 걸린 노을

빙글빙글 도는 지구틀, 미끄럼틀 특히 줄서서 타는 그네는 최고의 놀잇감
이었다. 지금도 텅 빈 그네를 지나갈 때면 어릴 때 줄서서 기다리던 그네
타기가 생각나서 슬쩍 한번 타고 지나간다.
특히 내겐 처녀 언니들이 다 쓴 화장품 빈 통이 많았다.
그것은 최고급 소꿉놀이 장난감이 되어 모래로 밥 짓는 솥이 되고,
풀 뜯어 무친 나물을 담는 접시로 둔갑하는 것으로
소꿉놀이 팀에서는 나는 인기가 짱이었다.
아무래도 아줌마인 친구엄마들보다 처녀인 우리 언니들의 화장품 통이 더
예뻐 놀이터에서 경쟁력이 있었나 보다.

그때 놀이터에서는 언제나 기분 좋게 신나게 놀았다.
흙 놀이, 나뭇가지 놀이 등 창의력이 저절로 길러졌을 것이다.
공기가 좋았던 그 시절 미끄럼틀 높이 올라가
저녁 무렵 서쪽 하늘을 향해 바라보던 노을은 정말 아름다운 수채화였다.
요즘 어린이들이 좋아하는 기적의 놀이터로 유명한 몇 곳을 보면
인공적이지 않는 자연친화적인 것으로 꾸민 것으로
우리 어릴 때 놀던 그 놀이터 같다.

세상이 돌아 돌아 지구처럼 또 그 자리에 왔다.
친구들도 놀이터의 모습도 그러하다.

1974. 4학년 9반 이달희

상기하자 6·25

진부해 보이던 표어 문구가
요즘 한반도 주변 정세의 변화 속에서
빛이 바래서 보이지 않고 있다.

그러나 반전주의자인 나에겐 오히려 뇌리에 선명히 다가온다.

6·25가 북한군에 의한 남침이라는 것을,
1950년에 일어났다는 것을
잘 알지 못하는 청소년들이 많다는 뉴스를 듣고
깜짝 놀라 걱정했으나,

북한이 연평도를 폭격하였을 당시 해병대 지원율이 아주 높은 걸 보고,
우리 젊은이들의 안보의식과 국가관에 안도했다.

한반도에서 어떠한 경우에라도
전쟁이 있어서는 안 된다.

다시 상기해야 할 6·25
그리고 대한민국의 징비록을 미리 쓰고
평화를 지켜갈 방법을 아주 철저히 강구해야겠다.

왜 이 그림은 스케치만 하고 색칠은 하지 않았을까?

1974. 4학년 9반 이달희

107

만평로터리 무지개 분수

3호선 고가철도 만평역의 45년 전 모습은 중간에 동그란 분수대가 있었고,
그 분수는 동양 최대로 크다는 홍보 멘트가 기억에 남아 있다.
1970년대 만평로터리를 기억하는 사람들은 모두 기억하고 있는 분수,
가운데 큰 물줄기와 주변 작은 물줄기가 병풍처럼 휘감고 올라와 뿜어대고
있었다.

어느 여름날 밤에 친구들과 몰려가서 돗자리를 들고 분수대 근처에 깔고
하늘의 별을 본 적이 있다. 분수대에서는 조명 빛을 받아
무지개 빛깔 물이 뿜어져 나왔는데, 당시 나는 색깔 물이 나오는 것 같아
그 원리가 너무 궁금해 방학 마치고 선생님께 여쭤 본 기억이 있다.

그 신기함이란? 지금도 내 가슴을 활짝 열어주던 그 찬란한 무지갯빛 물줄기를 내 머리와 가슴은 생생하게 기억하고 있다.

당시 만평로터리 주변은 공단으로 삭막하였고, 밭과 공터가 많았던 만평로터리는 만 평이었을까? 안쪽이 만 평이라 그리 칭하고 8호광장이라고도 했단다.

그곳 분수대가 생긴 이후 금호강 북쪽 칠곡지구가 서서히 개발되었다.
난 아이들을 이곳 칠곡에서 키우며 25년째, 칠곡군에서 편입된 신도시
대구시 북구 구암동에서 만평로터리를 오가며
무지개 분수를 가슴에 안고 살아가고 있다.

당시 북구로 들어오는 상징이었던 만평로터리 무지개 분수처럼 경북에 국제공항이 들어서면 우리 북구 특히 강북에 랜드마크가 되는 싱징물이나 세계적인 건물이 하나쯤 있으면 좋겠다.

1974. 4학년 9반 이달희

달성공원 키다리 아저씨

봄이 되면 3공단에서 조금 멀지만 우리는 손에 손잡고 지금 원대가구거리,
그때는 부민극장이 있던 곳을 지나 달성초등학교 앞을 가로질러 달성공원
까지 걸어서 소풍을 가곤 했다.
동물원 달성공원에는 입장료를 받는 키다리 아저씨가 계셨다.
이 그림에는 달성공원 좌우에 단풍이 물든 것을 보니 가을이었나 보다.
특히 1974년 당시 국모로 추앙받던 육영수 여사께서 서거하셨을 때,
대구엔 달성공원 왼쪽 큰 홀에 국화로 장식된 영정으로 모셔져 시민들이 추
모하였다. 우리 학생들도 단체로 참배 간 기억이 있다.
당시 어른들이 흑백 TV에서 중계하는 영결식을 보고 얼마나 많이 우시던지,
우리 아이들도 덩달아 훌쩍훌쩍 울었던 기억이 생생하다.

1974. 4학년 9반 이달희

노곡동 꽃대궐

진달래 피는 봄에는 강 건너 노곡동에 갔다.

공사판에서 사용하는 구멍 숭숭 뚫린 철판이 금호강에 놓여 있었다.

매일 다니는 노곡동 친구들은 잘 건넜는데 팔달시장 근처에 살던 우리는
다리를 덜덜 떨면서 겨우 건너갔다.

당시엔 조야동, 노곡동 친구들이 모두 같이 삼영초등학교에 다녔다.

농사짓는 유일한 친구 상호집에는 산양이 있어 우유 같은 산양유를 병에
담아 신문지 마개로 틀어막아서 학교에 가지고 왔으나 나는 비려서 먹지
못했다.

1974. 4학년 9반 이달희

진달래, 구절초 꺾어서 예쁜 화병에 꽂게 해준 노곡동, 조야동 친구들은
비가 많이 올 때는 그 철다리가 잠겨버려 다 같이 조퇴하고
깃발 든 선생님을 따라 고속도로 갓길로 일찍 하교했었다.
비만 오면 강 건너 친구들을 호출하는 방송이 나왔고, 공부 안하고 단체로 하교하는
그들은 우리 노원동 사는 친구들에게는 부러움의 대상이었다.
요즘도 그곳 친구들 만나면 고속도로 중간으로 단체로 열 지어 하교하던 때를 회상
하며 사고가 없어 다행이었다고 즐겁게 이야기한다.
그 이후 두 지역에는 시멘트 다리도 놓이고, 새 학교도 생겨 분교가 되었다.

나뭇잎과 시

말린 장미 꽃잎, 빨간 단풍잎, 알록달록 물든 벚나무 나뭇잎,
두꺼운 책갈피에 들어가 납작이 눌린 은행나뭇잎 등은 가을날 우리 곁에서
우리를 시인으로 화가로 만들어 가는 자연의 교사였다.

롤러로 잉크를 눌러 작업하던 고사리 손은 새까맣게 되었다.
기름진 잉크는 닦아도 잘 지워지지 않았다.

1974. 4학년 9반 이달희

바른 설맞이

1970년대까지 우리나라 제례문화는 시대변화에 맞지 않고 농경시대에 맞춰져서 변함이 없었다. 이에 정부에서는 제사와 명절에 지내는 차례를 대폭 간소화하는 '가정의례 준칙'을 만들어 보급하면서 국민 계몽에 나섰다. 제사를 5대 조상 봉사에서 3대로, 심야 12시에 지내던 제사를 초저녁에 지내도록 하고, 음식은 간소하게 하는 등이었다. 학교를 중심으로 바른 설맞이 홍보를 대단히 하였나 보다.

평소에는 새 옷을 살 수가 없던 그땐 명절이 되면 새 옷과 새 신발을 사서 선반 위에 고이고이 모셔 두었다가 설날 아침에 입었다. 아직도 난 명절이 되면 그러한 설레임을 가족들에게 주려고 설빔을 준비한다. 그런데 요즘 가족들에게서 설빔을 대하는 설레임의 눈빛은 없다.

1974. 4학년 9반 이달희

고사리 손으로…

지금 어른 되어 그림의 손에 손을 포개어 본다. 초등학교 4학년생 조그만 손으로 인형을 만들어 이웃집 아기들과 많이 놀아 주었다. 종이로 인형을 그려서 색칠하고 오려서 옷 입히기 놀이하는 것으로는 2등 하라면 서러울 정도로 완벽하게 창작해서 친구들이 많이 부러워했다.
그 그림인형 아이템은 이듬해 문방구에서 컬러 종이에 그려진 종이인형놀이 제품으로 판매되었다.

1974. 4학년 9반 이달희

123

땅따먹기 놀이

거의 한 달에 한 번씩 선생님께서는 손톱 검사를 하셨다.

지금은 손 씻기 교육이었으나 그때는 손톱깎기가 선생님께서 강조하시는 청결의 가늠자였다. 손톱 밑이 새까맣게 된 친구들이 많았다. 연탄을 가지고 놀지는 않았는데 암튼 그랬다. 나도 가끔 걸렸었다.

거의 매일 친구들이랑 땅바닥, 그것도 모두 흙바닥에 앉아 한 뼘을 키우기 위해 손을 최대한 벌려 흙바닥에 선을 그어 가면서 땅따먹기를 했기 때문이다. 지금 해도 재밌을 놀이이다. 돌 하나를 들고 바둑 알까기처럼 튕겨서 선을 긋고 세 번 만에 자기 손만큼 크기로 그려진 집으로 돌아오면 내 땅이 되는 놀이, 정말 재밌었다.

정치이론 중 한쪽의 이득과 다른 쪽의 손실을 더하면 제로가 된다는 게임을 일컫는
제로섬 게임(ZERO-SUM GAME) 이론이 있는데 무한경쟁에서의 개인 노력의 산물
취득면에서는 이것과 비슷하다.
어릴 때 놀던 땅따먹기 놀이는 손으로 쉽게
지울 수 있어 변화무쌍해서 재미가 쏠쏠했다.

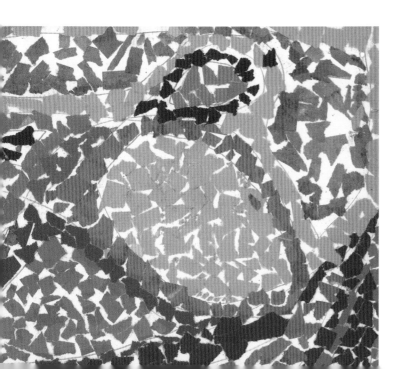

1974. 4학년 9반 이달희

주물공장

우리 학교 근처에는 주물공장이 많았다. 뜨거운 쇳물을 퍼서 나르는 모습을 어렵지 않게 보았다. 공장하는 친구들 집이 아버지가 사장이지만 공장에 딸린 사택에서 공장을 지키며 살았기에 친구 집에 놀러 가는 것은 공장을 방문하는 것과 같아서 주물공장 안을 자연스럽게 많이 본 것 같다.

그때 친구 아버지들께서는 쇳물 바가지를 또 다른 틀에 부어서 식혀서 고운 사포로 갈아서 반짝반짝 광나게 해서 제품을 만들었던 것 같은데, 지금 생각하니 대구의 수준 높은 금형기술이 그곳 우리 친구아버지들의 쇳물 바가지에서 시작되었나 보다.

1974. 4학년 9반 이달회

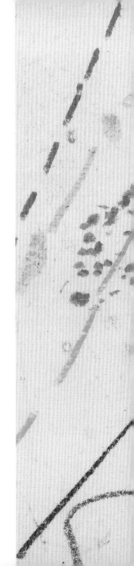

고무줄

예전 어머니들 반짇고리에는 항시 좋은 고무줄이 몇
가닥씩 있었다. 팬티 허리 부분에 고무줄을 넣기 위해
구비해 둔 일종의 상비생활용품이다. 젓가락에 고무줄
을 실로 묶어 팬티나 바지 고무줄을 넣던 기억을 소환
해 보면 요즘 젊은 친구들은 이해가 안 될 것이다.
바지 고무줄 넣기 시범을 보이기 전엔 이해가 안 되겠
지? 그 소중한 고무줄을 몇 가닥씩 차출하여 우리는
긴 골목 끝을 가득 메우고 줄서서 고무줄놀이를 했다.

1974. 4학년 9반 이달희

129

행복한 라떼,
4학년 9반 이달희

1974. 4학년 9반 이달희

"무찌르자 오랑케~~"로 시작되는 노래부터 동요에 이르기까지 다 같이 큰소리로 노래 부르며 여럿이 합동으로 하는 놀이로 난 몸이 날렵하지 못해서 머리 단계 정도만 잘했다. 몸이 가벼운 친구들은 자기 키 높이 두 배나 되는 고무줄도 잘 넘었다.

종식이는 여학생이 가지고 놀던 고무줄을 끊어 도망가기로 유명한 악동이었다.

그때는 그 친구가 정말 싫고 얄미웠다.

이젠 추억의 인물이 되어 한번 보고 싶다.

종식아 내 고무줄 들고 한 번 보자. 어디에서 어떻게 사는지 궁금해진다.

화분

새 학기가 되면 가장 부러운 것이
화분을 들고 학교를 찾는 어머니들 모습이었다.
어머니교실을 마치면 우리 교실에 와서 친구들을 보고 가셨다.
그런데 얼마 전 동창회에서 만난 내 짝이었던 남자친구는
자기 어머니께서 학교에 일이 있어 가끔 오셨는데
내가 부러워할까 봐 자기 엄마를 교실에 오지 못하게 했다는 말을 들었다.
너무 감동해서 눈물이 나올 것 같았다.
이렇게 사람들의 도움으로 내가 바르게 성장했구나 라고 느꼈다.
그렇게 배려심이 컸던 친구는 3공단에서 큰 공장을 하는 사장이 되었단다.
참 고마운 친구였다.

1974. 4학년 9반 이달희

chapter 2

언니 라떼,
62년생 이달희

내 아들이니까…

흔히 '요즘 여자들'로 표현되거나 시작되는 문장 뒤에는 한국 남성들 사이에서 거북스럽게 느껴지는 페미니즘의 반발 정서가 있다.

우리 부부는 영화 보기를 즐겨 한다. 10년차 주말부부이다 보니 딱히 취미를 함께 공유할 것이 없어, 여느 부부들처럼 산책, 커피 마시기, 영화 보기 정도가 부부가 함께하는 시간에 공유하는 취미이다.

항상 영화 선택의 코드가 척척 맞던 우리 부부에게 '82년생 김지영' 영화를 선택할 때는 상황이 달랐다.

어디서 들었는지 남편은 '볼 필요 없는 영화'라며 방어막을 구축하고, 우리 정서에 맞지 않다고 하면서 끝끝내 영화 보기를 거부했다. 나는 결국 막 내리기 직전, 사회적으로 이슈가 되고 난 다음에야 '여성'이라는 동지적 의무감에 동참하고 싶어 혼자서 영화를 봤다.

'82년생 김지영'은 2016년 10월 출간된 조남주 작가의 장편소설로, 34살 경력단절여성인 주인공 김지영의 삶을 통해 한국 사회 여성들이 맞닥뜨린 차별과 불평등 문제를 고발한 영화이다. 1982년 서울에서 태어난 김지영이 대학을 졸업하고 홍보대행사에서 근무하다 31살에 결혼하여 딸을 낳아 키우는 과정을 따라가며 그 시기의 한국 사회 여성들의 보편적 삶을 보여준 영화였다. 너무나 일상적인 내 주변 후배들 이야기였다.

이후 안 사실이지만 우리 남편뿐만 아니라 다수의 한국 남성들이 '82년생 김지영'이란 소설과 영화에 대해 특별한 거부감을 일으켰다고 한다. 특히 '82년생 김지영'과 동시대를 살아가는 20, 30대 한국 남성들 사이에서 반발이 심해 SNS를 달구었으며, 이런 현상이 미국 CNN 방송에까지 보도되었다 하니, 보수적인 내 남편이 그 영화 보는 것에 동참할 리 만무했다.

한국 남자들은 한창 나이에 병역의무 때문에 군대에 다녀오는 시간 때문에 사회와 격리되어 여성들에 비해 박탈감이 크다고 한다.
심각한 취업경쟁에서도 아직 우리 사회에 존재하고 있는 가부장적인 사회적 의무감이 여성들보다 커서 부담감이 배로 다가온다고, 91년생 우리 집 아들이 외치고 있다. 엄마의 심정으로 돌아가 보니, 내 아들 말은 100% 이해가 간다. 내 아들이니까….

그러나 나는
출산과 육아로 여성들이 사회와 국가에 더 이바지하고,
사회발전의 공이 지대하다는, 87년생 딸의 외침에 손을 들어 주고 싶다.

예전에 군가산점의 불합리성을 역설하며 군복무 가산점 폐지에 동참하여 위헌판정을 받는 데 동참하였었던 사실을 아들과 남편 앞에서는 당당히 말할 수는 없었다. 당시 "가산점 제도를 폐지하는 대신 여자도 군대를 가라."는 감정적인 반응에 공감하며, 군대 얘기라면 밤을 지새울 듯이 늘어놓는 남편 앞에 꺼내기 쉬운 주제가 아니었다.

아이 둘 키우면서 10년을 사회에서 분리되어 출산과 육아에 전념했던 경단녀(경력단절 여성의 줄임말) 시절을 상기해보니, 이 논쟁에서는 여성의 논리 전개와 증명이 더 설득력 있다.

내가 경험자라서 나는 당당히 말할 수 있다.

82년 김지영이 비난받을 이유가 없다.

제도적으로, 정책적으로 오늘과 내일의 '김지영'에게

우리는 답을 주어야 한다.

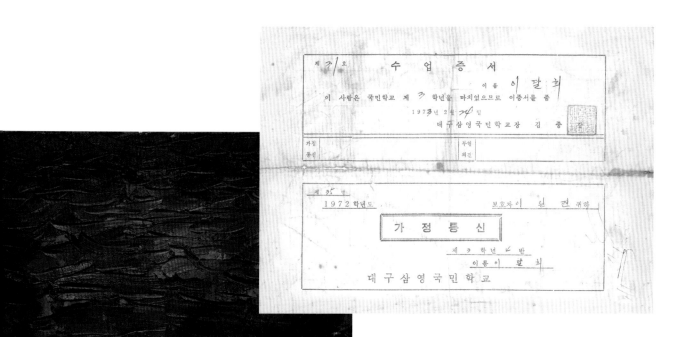

제 2/ 호 수 업 증 서

이름 이 달 회

이 사람은 국민학교 제 3 학년을 마치었으므로 이증서를 줌

1973년 2월 24 일

대구삼영국민학교장 김 종

가정 통신	부임 의진

제 35 반

1972학년도   보호자이 원 건 귀하

가 정 통 신

제 3 학년 6 반

이름 이 달 회

대 구 삼 영 국 민 학 교

1982.대학교. 이달회

베란다 밖

82년생 김지영이 가끔 한 번씩 베란다 창밖을 내려다보며 멍하니 서 있는
장면이 인상적이었다. 특별할 것 없는 일상의 모습에서 그 내면의 아픔이
전해졌기 때문이다.

"언니는 이렇게 살 줄 몰랐다"며 안타까워하는 후배들이 우리 집을 다녀간
날이면 나는 어김없이 잠든 남편과 새근새근 꿈나라에서 놀고 있을 것 같
은 귀여운 두 아이 곁을 빠져나와서 책상이나 식탁에 앉아 우두커니 멍 때
리고 앉아 밤을 지새우곤 했다. 때론 이유 없이 흐르는 눈물을 닦을 때도
있었다. 날개옷이 감춰져 날지 못하는 선녀가 내 신세 같았다.

경력 단절녀의 반열에 오르는 여성들의 심리가 그 김지영의 뒷모습에서, 베란다 밖의 세상을 동경하는 그 모습에서 너무나 잘 나타나 있었고 우리 여성들이 공감하고 있다.

그 영화를 본 남자 중 한 분이 별로 심각한 장면이 없던데 옆자리 여성들이 훌쩍거리며 울어서 기분이 이상했다고 했다.

난 전업주부 10년 거친 경단녀의 표본이다. 그땐 대학교까지 차등 없이 공부했는데, 결혼과 동시에 육아의 길에서 좌절하고만 내 인생이 눈물 속에 있었다. 지금 왕성하게 활동하는 나를 보고 후배들이 방법을 묻곤 한다.

아이들 키우면서도 앞으로 가질 일을 만들어 가라고 조언하고 싶다.
특히 하나하나 디딤돌을 쌓아가라고 조언하고 싶다.

행복한 라떼,
4학년 9반 이달희

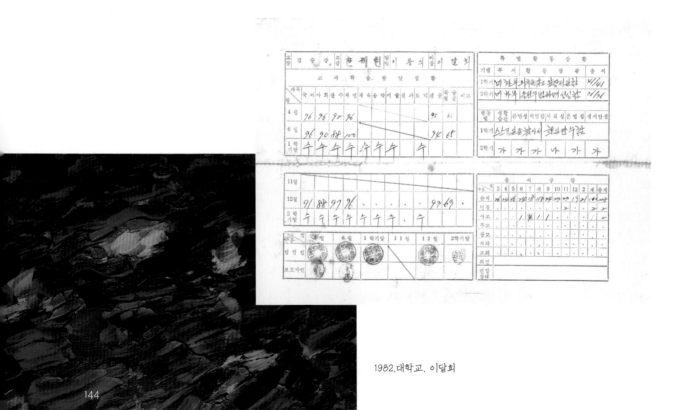

1982.대학교. 이달희

144

당시 나는 내 정치학 전공이론으로 시민사회단체 발전을 위해 노력하고자 작은 마음을 내어 '한국유권자연맹'이라는 여성시민단체에 가입했다. 전화번호부 보고 물어물어 찾아가 청년위원장이라는 - 나이 많은 회원 중심의 그 단체에서 회장님이 만들어 준 직책 - 직책으로 가끔 참여했다.
그리고 신문사의 주부 기자가 되어 사회 시사에도 관심을 놓지 않았다.
아이 키우면서 아주 작은 시간과 틈을 내어 하나하나 디딤돌을 만들어 사회 참여 기회의 사다리를 준비하라고 조언하고 싶다.

적어도 육아 때문에 직장에서 멀어져 경단녀의 위치에서 한숨쉬고 있을 후배들에게 내가 겪은 10년의 번뇌를 고백하며 힘내라고 차곡차곡 준비하자고, 그리고 언젠가 육아의 문을 열고 나올 때, 그 봉사나 작은 참여가 큰 힘이 되고 디딤돌이 된다고 일러주고 싶다.

도와주는 가사분담은 "NO"

"여보 내가 이제부터 많이 도와줄게"
봉급생활 하던 남편이 첫 직장을 가진 나에게 파출도우미에게 주는 돈이
커보였는지, 낯선 사람들에게 아이들 맡기는 것이 불편해서인지
파출도우미 없이 살아보자 제안했다. 내 대답은 "NO"였다.
육아휴직을 하고 도맡아 준다고 해도 안심이 안 되는 육아와 살림을
'도와준다'는 말로 시작하는 사람과 이 사회시스템을 믿을 수 없었다.
아이들이 성인이 되고 독립한 지금도 내 생각이 옳았다는 데 변함이 없다.

가사 노동에 관해서는 한 여성의 빈자리는 친정어머니든, 시어머니든, 도우미든 한 여성의 도움이 절실히 필요하다고 생각한다. 우리 때는 그랬다.
요즘 아빠들은 혼자서 잘하는 슈퍼맨들이 있지만
그때만 해도 육아와 가사노동의 책임은 언제나 여자들 몫이었다.

내가 살아본 세상에서 김지영에게 하고픈 말은,
남편과 충돌하지 않으려면 가정관리와 가사분담을
구체적으로 아주 세밀하게 나누면 가능하다고 알려주고 싶다.

예를 들어 퇴근과 저녁 회식자리 일정도 정확히 구분하여 나누고, 가사분담도 구역을 세밀하게 나누어야 한다. 각자에게 주어진 역할을 확실히 책임지고 수행할 수 있도록 나와 남편의 시간과 가사분담의 공간을 서로 협의하에 확실히 분담해야 하고 책임제를 확실히 인식해야 한다.

행복한 라떼,
4학년 9반 이달희

1982.대학교. 이달희

1974. 4학년 9반 이달희

사랑하기 때문에 서로의 영역을 넘어서 돕는 것만으로는
육아기에 분쟁만 커질 뿐이다.

서로 귀하고 존중해 주고 싶은 사이 일지라도
철저한 가정관리 동참과 가사분담의 시작이 중요하다.

그리고 꼭 필요한 일은 저축을 조금 늦게 하더라도 적절한 가사도우미의 도움을 받
기 권하고 싶다. 그래야 여성들이 일터에서 힘을 얻고 당당히 일할 수가 있다.
아이가 자라는 만큼 직장에서 두 부부의 지위도 상승하고 급여도 올라가니 가사도우
미의 지원을 오히려 급여가 작은 육아기에 사용하기를 권장한다.
그래야 오래 버틸 수 있다. 힘들게 지킨 내 직장.

chapter 3

엄마 라떼,
62년생 이달희

차가운 손, 열나는 컴퓨터

워킹맘들은 흔히 자녀들과 많은 약속을 한다. 엄마가 없는 시간에 스스로
할 수 있도록 도움이 될까 하여 냉장고 문에 포스트잇을 부쳐놓고, 게시판
에도 적고 예쁜 압정으로 눌러 눈에 띄게 하기도 한다. 그리고 아침 밥상에
서 엄마들은 손가락 걸고 약속을 꼭 지킬 것을 다짐 받기도 한다. 약속이라
야 일상생활에 관한 것이 대부분이다. 학습지 미루지 말고, 숙제 일찍 하고,
학원 가고, 컴퓨터 게임은 조금하는 것 등 어찌 보면 그리 대단한 것도 아
닌데 아동기 때는 그것이 참 중요해 보인다.

전업주부 아이들에게 뒤지지 않기를 바라는 마음에서, 부모들도 스스로 세운, 새해부터 실천하겠노라는 금연과 운동으로 다이어트 하겠다며 등록한 헬스장 가기 등의 계획을 실천하지 못하는데, 자기 아이들은 약속을 잘 지키리라 확신한다.
부모와 한 약속을 아이들이 어겼을 때 무척 속상하고 힘들다.
때론 약속 어긴 아이들을 벌도 세우고, 손가락 걸고 다시 약속해도 아이들은 약속을 지키기 어렵다. 화를 내지 않고 아이들을 잘 기를 방법은 없을까?

아이들을 존중하고 믿으라! 말이 쉽지 '어떻게' 해야 되나에서 좌절한다.
내가 우리 가정에 평생 행하는 작은 실천 방안이 있다.

'집에 들어갈 때는 반드시 귀가보고 전화를 한다.'는 것이다.

워킹맘 가정에서 저녁에 만나는 아이들에게 자주 꾸지람을 주하거나 지적을 하면, 자녀 부모 간에 신뢰를 잃어 거리가 멀어진다고 한다.
짧은 시간에 충분히 사랑받고 있음을 느끼게 해주어야,
자기주도적이고 책임감 강한 사람이 된다고 교육 전문가들이 이야기한다.

"솔아, 엄마 집에 다 와 간다. 준비물이나 뭐 사갈 것 있니?"

집 도착 20분 전에 나는 항상 전화를 걸어 엄마의 도착 시간을 아이들에게 알려준다.

이때 아이들은 그동안 자기가 하던 일을 멈추고 집 정리를 하고 엄마가 좋아하는 일을 하면서 엄마 맞을 준비를 한다. 특히 엄마랑 한 약속을 지키는 모습으로 변해 있다.

아들 솔이 4학년 때 그림

그날도 20분 전쯤 집에 전화를 걸었다. 아들 솔이는 게임을 너무 좋아해 가만히 두면 식음을 전패하고 빠져들곤 한다. 엄마와 하루에 1시간만 컴퓨터게임 하기로 약속했다.

우리 집엔 창문이 넓어 겨울에 약간 추운 방에 컴퓨터를 두었다. 그날도 어김없이 난 전화하고 귀가했다. "다녀오셨어요?" 인사하는 솔이 손을 잡으니 시베리아 노동자처럼 손이 얼음장같이 차가왔다. 서재에 들어가 보니 컴퓨터를 얼마나 오랫동안 켜 두었는지 뜨끈뜨끈했다. 컴퓨터가 저 정도 열이 나려면 한 4~5시간은 족히 게임했을 터, 그런데 솔이는 그 시간 연필을 잡을 수 없이 차가워진 손으로 책상에서 얌전히 앉아 엄마와 한 약속, 숙제를 하고 있었다.

"우리 솔이 숙제하고 있구나? 너무 열심히 하는 거 아냐?"

뜨끔한지 약간 상기된 솔이가 말한다.

"컴퓨터도 좀 했어요"

"그랬구나" 속으로 짐작하고 있지만 솔이가 거짓말을 덜 하도록 나는 다그치지 않았다. 엄마가 모르고 잘 지나가서 다행이라고 솔이는 생각했었겠지.
화도 안 내고 추궁도 없고. 우리 집 형편상 이미 나 홀로 집에 남겨진 솔이는 시간을 허비했고, 난 그 아이 옆에서 생활관리도 못해줬는데 이제 와서 어찌하겠는가?
나는 칭찬하고 또 칭찬했다.

20분 전에 집에 '귀가 전화'를 안했으면, 솔이가 컴퓨터게임 정리할 시간을 갖지 못해 엄마와 약속을 어기는 장면이 노정되고 엄마는 화가 치밀어 언성이 높아졌을 것이다. 전화로 귀가를 알리는 순간 아들은 엄마가 원하는 모습으로 정돈되어 기다리고

지영에게 들려주는
자녀 교육

아들 솔이 4학년 때 그림

있다. 마치 스스로 엄마와 약속을 잘 지킨 사람처럼. 그것이 반복되면 아이들과 신뢰감이 쌓인다. 부모가 믿는 만큼 아이들은 크게 성장한다는 것 참 중요한 요소다.

전화로 귀가 신고를 하고 집에 들어가면, 내가 가족들에게 대접을 받게 된다.
일반적으로 자녀도, 배우자도 엄마의 귀가 전화를 받으면 내가 좋아하는 모습,
내게 보여주고 싶은 모습으로 정돈되어 기다리고 있기 때문에
특히 워킹맘들은 퇴근 후 자녀와 배우자들과 다투는 것이 아주 줄어든다.

가족이라도 자기들이 행하고 있는 일들에서 빠져나와
가족과 함께할 준비시간을 주어야 한다.
서로 배려할 시간의 여유를 갖게 하면 서로 존중할 수 있다.

아주 작은 정성으로 많은 것을 얻을 수 있다.

내가 직접 평생 실행하는 우리 가족들의 시너지를 내는 방법인데

아주 효과적이라 추천하고 싶다.

아들 솔이 4학년 때 그림

나 꼴찌야 우리 반에서…

"선생님 우리 솔이 성적이 골찌인가요?"

대구 북구에서 줄곧 자라 서울대 간 아들 솔이 초등 3학년 때 일이다.

"아닙니다. 시험 점수 보니 중간쯤은 합니다."

그런데 왜 스스로 꼴찌라 하였을까?
가족과 대화 중 불쑥 꺼낸 솔이 말에 '저 아이가 학습장애가 있나' 하여 솔이 몰래 방과 후 학교에서 나는 앳된 선생님 앞에 머리를 조아리고 앉았다.
3달 가까이 지난 학기인데도 낯가림이 심하고 너무 얌전한 솔이의 학교생

활 모습이 떠오르지 않는다고 솔직하게 말씀하시는 담임선생님께
"선생님 솔이가 수업시간에 손을 들지 않아도 한 번만 시켜 봐 주세요"라며 상담을
마쳤다. 집에서 종달새 마냥 떠들고 말이 많았던 솔이 특성상 목소리 크고 발랄한 친
구들에게 기가 눌려서 그렇다고 생각했다. 이후 솔이는 자신감을 가지고 나날이 학교
에 잘 적응하여 다들 가고 싶어하는 대학도 가고 이후 행정고시에도 합격하여 이젠
공직자로서 소명을 다하고 있다.

솔이 예를 보면, 부모들은 어린 아이가 하는 말에 세심한 관심을 가지고
아이들 말에 귀 기울여 도움을 주는 타이밍을 놓치지 말아야 한다고 생각된다.

우리 워킹맘들은 아이들과 같이 있는 시간이 짧다. 부모가 지원해 줄 수 있는 것은 아
주 작은 것이지만 아이들 장래에 미치는 영향은 아주 지대하다 할 것이다.
워킹맘 힘내자.

곰돌이 학습지도 잘 풀고…

아이들 스크랩북을 보고 잊고 있던 상장을 보고 깜짝 놀랐다.

30여 년 전 딸 별이 4살이 되던 해 '어머니 이달희'가 수여자로 된 손글씨로 그려진 '상장'을 보았다. '구체적으로 칭찬하라'를 실행에 옮긴 것이다. "위 어린이는 어린이집도 잘 다녀오고 밥도 잘 먹고 곰돌이 학습지도 다 풀어 어머니를 기쁘게 하였기에 이에 이 상을 주어 크게 칭찬합니다"라고 적혀 있다. 나름 붓글씨체로 적으려고 노력하였으며, 직인도 빨간 사인펜으로 잘 그려져 있다. 38개월 정도 된 아이가 실행할 과제가 구체적으로 명시되어 있었다. 그 내용이 이제와 보니 미약해 보이지만 아이들 인성이나 실행력의 향상에 큰 도움이 되었으리라 큰 아이를 보면서 느낀다.

그리고 칭찬을 아끼지 않은 덕에 큰아이는
이제는 새해 소망이 뭐냐고 묻는 엄마에게,
"다른 사람들 특히 어려운 사람들에게 보탬을 많이 줄 수 있는 변론 잘하는 변호사가
되고 싶다"는 야무진 성인이 되었다. 엄마가 보기에 얼마나 열심히 연구하며 뛰는지
안쓰러울 정도이다.

자녀 교육 시 칭찬을 구체적으로 하는 방법으로
상장에 적어서 전달하면 효과적이지 않을까?

그때 기분을 어렴풋이 기억하는 딸이 이젠 엄마를 칭찬하고 있다.
어떻게 그런 생각을 하였느냐며…

아들 솔이 4학년 때 그림

아들 솔이 4학년 때 그림

솔이는 요섹남

"존경받고 사랑받는 *21세기형* 남편이 되려면
엄마 옆에 와서 요리도 배우고 설거지도 하여라."

우리 아들 솔이가 참 많이 듣던 말이다. 그래서 솔이는 요즘 세대 젊은 여
성들이 좋아하는 요섹남(요리 잘하는 섹시한 남자)이 되었다. 세종시에서
자취하는 솔이를 보면 요리 재료와 양념의 종류가 우리 집 주방보다 많다.
특히 많은 향신료 종류를 갖추고 음식재료도 고루 갖추고 살고 있다.
혼자 지내도 잘 차려 먹는 아들을 보니 엄마가 밥걱정 하지 않아도 되고,
오히려 경쟁력이 강해 보인다.

변화되는 세월을 준비시킨 듯 흐뭇하다. 세상이 바뀌고 있다.
변화를 추구하면 기회가 많아 더 잘살 것이다.

지난 추석 이철우 경북도지사께서 내건 추석인사 현수막이 생각난다.
"이번 추석 설거지는 남자가 합시다"
변해야 산다, 변하면 더 잘산다고 외치고 싶다.

조퇴하고

아들이 고3 되기 직전 토요일 어느 가을날이었다.

새벽에 유럽출장 가는 남편 동대구역까지 데려다 주고 집으로 돌아오는 길에 문득, 가을 햇살이 너무 눈부셔 기숙사에 있는 솔이를 보러 갔다.

토요일 저녁에 와서 일요일 오후에 기숙사로 들어가 학교에서 일주일을 지내던 아들 솔이, 아침에 찾아온 엄마를 맞이하는 솔이의 모습은 너무 지쳐 보이고 힘들어 보였다. 바깥의 상쾌한 가을 아침 풍경과 청정한 공기와는 대조적이었다. 늘어난 추리닝 바지에 씻지도 못한 모습으로 나타난 아들은 심지어 남자학생들 단체 기숙사의 '퀘퀘' 한 냄새까지. 아들 청춘이 너무 가엾다는 생각이 들었다. 아무리 공부가 중요하다고 해도 내 생각엔 이 아름다운 계절을 느껴 보는 것이 책을 후벼 파는 것보다 낫겠다는 생각이 들었다.

무작정 집에 무슨 일이 있다고 핑계를 대고, 급히 가방 챙겨 나오라고 하고 담임선생님께 솔이 귀가를 허락받았다.

지저분한 모습으로 엄마를 따라 나선 솔이를 앞세워 은행ATM기에 가서 30만 원을 찾게 했다. 그리고 세상 물정 느낄 수 있게 1박 2일 하루 우리 '모자여행'의 총무를 시켰다.

"자! 떠나자 1박 2일 여행, 총무 하렴"
어안이 벙벙한 솔이가 그때서야 이벤트 좋아하는 엄마의 엉뚱한 발상으로 여행 간다는 것을 눈치 챘다.

아들 솔이 4학년 때 그림

우리 모자는 세수도 하지 않은 채 자연인의 모습으로 노랗게 빨갛게 물든 눈부시게
빛나는 대한민국 특히 경상북도와 강원도를 헤집고 다녔다.

김천 직지사를 시작으로 야외화장실에서 세수하고 상주 박물관, 자전거박물관,
예천 회룡포, 문경세재 사과축제장, 문경 시내 약돌 삼겹살집, 영주, 봉화를 거쳐
태백산자락 호텔형 모텔에서 숙박, 삼척 죽서루, 동해시의 작은 성당,
강릉 대관령 휴게소의 곤드레밥, 대관령의 양떼 목장의 양고기 꼬치구이,
그리고 단양 휴게소 거쳐 우리 모자는 이틀 만에 대구 집에 도착했다.
가을 향기로 가득 채운 1박 2일의 우리 모자 일탈이 지금 생각해도 아들 고등학교 뒷
바라지(?) 중 가장 잘한 일 같다.

팽팽한 긴장 속에서 끈을 조이기보다 가끔 놓아보는 여유가 인생을 더 편안하게 하지 않을까? 긴장하고 있는 아이가 있다면 행복한 일탈 부모가 앞장서 저질러 보자. 요즘은 학교에서도 권장하는 가정학습이 제도화 되었지만 그때만 해도 상상할 수 없는 일, 학교조퇴와 일상의 탈출이었다.

솔이 논술 점수가 좋았던 것도 이와 무관하지 않을 것이다.

아들 솔이 4학년 때 그림

chapter 4

실행한 라떼,
62년생 이달희

도자기

1982년 김지영은 누군가의 딸과 아내, 그리고 선배이자 동료로 살아가며
어딘가 갇힌 듯 답답함을 토로한다.
김지영과 20년 차이인 나는 24살 때 대학선배를 만나 졸업 전에 결혼부터
했다. 요즘은 사라진 다섯수, 아홉수 안 좋다는 친정 어른들의 뜻에 따라,
1986년 2월에 결혼식 올리고 그달 25일에 치러진 대학졸업식에는 양가집
서 모두 참석했다. 처녀시절도 없이 흔히 하는 말로 바로 팔려간 신부가
되어 2개월 만에 임산부가 되어 주부라는 생각도 해보지 못한 직업이 내게
주어졌다.

여성의 사회진출에 대한 인식이 지금보다 현저하게 낮았기 때문일까?

졸업 후 대학원 진학을 생각해서인지 대학 4학년 때도 취업준비는 하지 않았다.

우리 남편은 나의 도자기(도서관에 자리 잡아 주는 기둥서방의 준말로 당시 풍자되는 은어)였다. 그때는 남자친구 있는 여학생은 남자친구들이 학교에 일찍 와서 도서관에 자기 옆자리에 자리를 선점해 놓고 늦게 오는 여자친구를 앉혀주곤 했다.

나도 그런 도자기 있는 여학생이었다. 그런데 심심찮게 '도자기 퇴출' 벽보가 붙어 있었던 기억에 미소가 지어진다.

이후 내 남편이 된 내 도자기는 내게 항상 여자는 남자들보다 공부를 잘해서 성적이 좋아야 한다며 열심히 공부할 것을 강권했다. 물론 배려도 했지만, 세월을 지나 보니 특히 사회에 나와서 활동하면서 심심찮게 성적표를 제출할 경우가 있어 그때 생각이 많이 났다. 수석장학생이었던 내 성적표는 특별한 경력이 없는 내겐 평생 따라다니는 자부심의 꼬리표가 되었다.

그러나 대학졸업과 함께 결혼하고 뒤이은 출산과 육아 등으로 10여 년을
보내는 동안 전업주부로 있던 이 시기에 나의 좋은 성적표는 사회 진출하
는 동기들과 비교되어 오히려 더 큰 아픔이 되고 낙담의 밤을 가져다주기
도 했다.

그래도 그 자부심으로 나는 아이들을 어느 정도 자란 시기에 내 일을 찾기
위해 적잖이 몸부림쳤다. 나름 사회참여를 위한 시민단체 활동과 시민기자
활동도 해보고 방송국 프리랜서 작가도 도전해보는 등 전업주부로서 할 수
있는 일에 도전하며 하나 하나 디딤돌을 쌓아갔다.
사회에 기여할 부분이 있을 것이라는 기대감과 작은 준비는
경력단절이라는 높은 벽마저 뛰어넘게 하여
오늘 내가 있게 한 원동력이 되었다.

그때 남자친구 말처럼

우리 사회에서 여자는 더 열심히 공부해야 하고,
더 많은 성과가 있어야 평균적인 남성들과 나란해진다는 것을
사회에 나와서 절실히 깨달았다.

그러한 여성에 대한 편견과 사회적인 유리벽은
아직도 우리 사회에 잔잔히 내포되어 있다.

여자들도 정치교육 필요하다.

귀한 대학교 선배의 추천으로 경쟁력 있는 여성들을 뒤로하고,
나는 1995년 12월 정당 사무처당직자로 정규직 직장 첫발을 내디뎠다.
정당 사무처는 프로듀스 같은 일을 하는 아주 매력적인 직업이다.
정치하는 분들이 영화배우라면 사무처는 PD이다. 그 역할이 얼마나 소중
한 일이고 의미 있는 일인지, 20여 년 동안 몸담아 보니 정치학을 전공한
나는 적성에 딱 맞는 정말 재미있는 직장이었다.

정당사무처로 일하면서 나는 세 가지 일을 해보고 싶었다.
첫째, 선진국처럼 당비 내는 당원과 봉사하는 당원이 많은 선진국형 정당
만들기 둘째, 정치도 시민교육이 필요하다. 교육이 살아 있는 독일 정당 같

은 정당을 만들고 싶었고, 마지막으로 항상 국민의 애환을 어루만져 주는 소통하는 정당이 되도록 노력하는 것이었다.

지금 와서 보면 당연한 것 같지만 내가 정당사무처로 임용받을 1995년의 이 나라 정당의 상황은 정경유착의 고리를 끊지 못한 채 흘러가고 있어 그러지 못했다.

그래서 나는 전국 최초로 우리 한국당에 있는 젊은 여성 조직 '차세대여성위원회'를 경북도당 여성 부장일 때 '차세대여성지도자회'란 이름으로 창설하고 그때 30대 초반인 내 나이와 비슷한 여성들 2천여 명을 모아 우리나라 정당을 선진국형으로 만들자고 외치고 다녔다.

이후 이 조직은 중앙당에 보고되어 당헌당규에 적시된 조직이 되었다.
지금도 전국의 차세대위원들을 만나면 '내새끼들'이란 표현을 쓴다.

당시 중앙당 여성위원장이시며, 지금은 세계여성단체협의외 회장이시던
전주 출신의 김정숙 의원님의 멘트를 잊을 수 없다.

"이부장 그 무엇이여, 경북에 젊은 여성들 조직한 거 기획서 중앙당에 제출
해 봐요"

나는 그 공로가 인정되어 특진을 했다.
내 정당사무처 당직자 역사에 한 핵을 긋는 계기가 되었다.

두 번째로 보람 있었던 것은 '대구여성정치아카데미' 개원이다.
당협의 여성부장님들을 모아 10주간의 교육프로그램을 내놓고 돈 받고 이
과정을 진행하겠노라 했더니,
"돈 주고도 일주일에 3시간씩 10주를 오겠느냐?"며 안된다고들 했다.

그러나 나는 대구 최고의 여성강좌로 자신하고 있어 성공하리라 확신했다.

그 과정을 준비하면서 나는 대구에 있는 모든 대학의 강좌를 다 연구했었기에 자신 있었다. 강좌가 훌륭하면 그 프로그램을 성공한다는 확신이 있었기에 밀어붙였다. 당원이 아닌 사람들도 들을 수 있는 '대구여성정치아카데미' 프로그램은 성공했고 지금은 몇 기수까지 내려갔는지 알 수 없으나, 내가 대구시당에서 근무하던 2006년부터 2012년까지 10기까지 1,600여 명의 여성정치교육생을 배출했다.

이후에도 대구지방선거 준비를 위한 '정치대학원' 청년취업준비를 위한 '펭귄날다'란 제목의 2박 3일 프로그램들을 성공시킨 것이 가장 보람으로 기억된다.

이후 여의도연구원의 여의도 아카데미소장으로 부임해서 실시한 중앙당정치대학원 19기 과정 진행은 당이 아주 어려울 때 정치신인들만 250명 모아 졸업생을 배출한 점이 너무 행복한 과업완수였다고 기억된다.

마지막으로 봉사하는 당의 조직을 구현하는 것으로 내가 보수정당 최초로 여성 사무처장이 되는 행운을 얻었을 때, 나는 취임식 대신 장애인시설에서 봉사하는 것으로 대신했다. 그리고 모든 정당조직 활동의 모티브를 봉사로 기획했다. 참 보람 있는 일이었다.

여성들이 정치학을 공부하면 시사에 밝아지고 국가관이 뚜렷해져서 우리나라 발전에 큰 원동력이 된다는 소신에 열심히 일했고, 그 사실을 나는 아직도 확신한다.

여성들이여 공부하자.
정치공부 하자.
알아야 우리의 일을 우리가 해결할 지혜를 가진다.

1982.대학교. 이달회

여성 리더십의 빛

양성평등지수가 선진국에 비해 아주 낮은 우리나라는 여러 요인이 있겠지만 정책입안과 정책결정의 위치에 있는 여성의 숫자가 다른 선진국에 비해 아주 저조하기 때문에 많은 여성들의 사회참여에도 불구하고 양성평등지수가 낮다. 성별의 활동이 치우치는 사회는 바람직하지 않다. 기형적인 사회가 된다. 이러한 측면에서 보면 이제 더 이상 정치나 권력은 남성들의 전유물이 되어서는 안 된다. 여성들의 정치참여 폭을 대폭 넓혀야 한다.

나는 경북대학교 정치외교학과에 들어가
남자 동기들이 대부분인 분위기에서 공부하고 연구하면서
나의 양성평등에 관한 관심과 도전은 더 공고해졌다. 여성이라도 남자들이

하는 일을 지식사회인 21세기에서 하지 못하는 것이 없었다.

학창시절 정치에 대한 나의 시각은 아직도 변함이 없다. 그때 난 정치가 '공동체의 선'을 실현하는 가장 확실한 '도구'라는 것을 이론적으로 깨달았다.
예를 들면 어떤 개인이 노인들에게 목욕시켜 드리는 일에 필요성을 느끼고 봉사를 하고 싶을 때, 그 사람이 할 수 있는 범위와 수는 한정적이고, 아무리 봉사정신이 강한 사람이라도 지속적이지 않다. 그러나 법률에 지정하여 봉사자를 배치하고 예산을 배정하면 전국의 어르신들이 다 목욕봉사라는 혜택을 지속적으로 받게 된다. 입법이 얼마나 소중한 공동체 선을 실행하기 위한 요소인가?

국민의 구성은 다양하다. 경험자만이 그들의 어려움을 실감나게 해결할 수 있다고 본다. 입법권과 예산 배분권을 가진 국회의원의 구성이 다양해야 하는 이유다. 육아 때문에 경력단절이 되어 창밖을 내다보는 김지영의 심정을 남성들은 모르겠다고 한다.

같이 몸부림쳐 본 같은 경험을 한 사람들이 오늘 그리고 미래에 있을 김지영에게 답을 내 놓고 숙제를 해결할 수 있다.

여성의 정치참여를 단순히 도식화해서 남성들의 전유물을 떡 나눠주듯 해서는 안 된다. 인구의 반이 여성이면 정책 입안과 결정하는 위치에 반수의 여성으로 자리매김해야 한다는 목표를 가지고 나아가야 한다.
이미 프랑스를 비롯한 선진국에서는 시행되고 있다.
그래야 우리 사회도 지금보다 더 발전할 수 있으리라 확신한다.
정치 리더십에 대한 고정관념을 많이 바꾸자고 제안하고 싶다.

변해야 산다. 우리나라 변해야 잘살 수 있다.

여성의 정치 리더십은 이 시대가 요구하는 요소를 고루 갖추고 있음을 확신한다.

준법, 봉사, 청렴, 배려, 화합, 세심, 야합배격 그리고 열정까지,
적어 보니 내가 좋아하는 정치의 색깔이다.

1982.대학교. 이달희

행복한 라떼

발행일   2020년 1월 10일 | 초판 2쇄

지은이   이달희

발행인   박은경

펴낸곳   생각을 나누는 나무(한국애드)

출판등록   2011년 10월 28일 | 제2011-18호

주소   대구광역시 남구 이천로 142

대표전화   053-765-1770

이메일   hkad1770@chol.com

ISBN   979-11-86181-24-9(00810)